UN BAL ȘI O CONTESĂ: KLAUDIA RHEDEY DE KIS-RHEDE

~Roman~

Corinne Wandenburg

*Dedic această istorie romanțată unei Doamne dragi mie:
Carmen Irina Buga.*

*Mulțumesc din toată inima pictorului rus Vladimir Pervuninsky pentru că mi-
a dat ocazia să-i pot folosi una din frumoasele sale creații la realizarea
coperții acestei cărți!*

INFAROM
office@infarom.ro
http://www.infarom.ro

ISBN   978-973-1991-83-2

Editura: **INFAROM**
Autor: **Corinne Wandenburg**
Editor-corector: Dr. Florina Dima
Design copertă: Liping Wang
Imaginea tematică a coperţii:
The Gala ©Vladimir Pervuninsky

Descrierea CIP a Bibliotecii Naţionale a României
WANDENBURG, CORINNE
    Un bal şi o contesă : Klaudia Rhedey de Kis-Rhede /
Corinne Wandenburg. - Craiova : Infarom, 2015
    ISBN 978-973-1991-83-2

821.135.1-31

CAPITOLUL 1

Septembrie 1812, o zi obişnuită de toamnă la castel. Vremea încă însorită îi lasă pe locuitorii măreţei construcţii în stil renascentist să se plimbe afară în voie în după-amiezile deja puţin mai scurte. Locatarii acestui minunat domeniu erau nimeni alţii decât membrii familiei ducelui Louis de Wurttenberg, fratele regelui. Căsătorit a doua oară, se spune mai potrivit decât prima dată, cu Henriette de Nassau-Wailburg, avea cu aceasta cinci copii, patru fete ce au venit una după alta şi, de-abia la sfârşit, spre hazul familiei lărgite, veni şi mult doritul fiu: Alexander. Acesta abia împlinise vârsta de 8 ani şi se vedea deja pe câmpul de bătălie. Unchiul său, Frederick I, regele, îi dăruise o mulţime de cadouri, printre care soldăţei ciopliţi în lemn şi coloraţi în ton cu teritoriile de pe unde proveneau, săbii care mai de care mai frumoase, precum şi alte lucruri care îl fascinau pe micul duce.

Alexander avea acasă în jurul său cinci doamne, mama şi patru surori care reuşiseră să îl alinte şi să îl copleşească cu afecţiunea lor fără a-i suprima toată nobleţea bărbătească dovedită prin luptele aprige cu sabia de lemn cu diverşi servitori prinşi în calea sa şi care, uimiţi la început, se lăsaseră acaparaţi de voioşia şi tenacitatea copilului şi-i făcuseră jocurile. Se obişnuiseră cu toţii să strige: „Ah!", ca la o durere amarnică, atunci când lemnul micuţei săbii le intra între coaste. Băiatul era însă întotdeauna serios, retrăgându-se repede şi numărându-şi victimele. Unchiul său aflase de preocupările nepotului său la Kirchheim unter Teck, locul unde Louis, fratele său, se stabilise definitiv de un an de zile.

Cât despre tatăl său, în vârstă de 56 de ani, acesta dusese mai mult o viaţă militară, de campanie. Era general şi ţinuse mult timp sabia sus în fruntea cavaleriei sale. Din cauza abnegaţiei sale divorţase de prima lui soţie cu care avea un fiu, prinţul Adam. Louis trădase cauza poloneză a familiei soţiei sale; astfel şi acest mariaj a fost sortit eşecului. Nu l-a durut prea tare, sângele său nu se putea opri doar la strigătele Mariei Czartoryska, trădase armata unită polono – lituaniană refuzând să lupte împotriva ruşilor prefăcându-se bolnav peste noapte în 1792. Divorţă astfel în 1793 şi îşi luă băiatul cu el; era de altfel un copil de un an, iar Viena îl primi cu bucurie. Nimeni la curte nu-i făcu nimic, toţi erau de partea lui, doar că îi cam pierise cheful de un alt mariaj. Îşi dorea o altfel de soţie, mai calmă, căci auzise destule ţipete de la poloneza aceea trădată. Avea 37 de ani, mai putea aştepta, e adevărat, însă el hotărî să mai aştepte. Găsi în cele din urmă în calea sa o doamnă calmă cu care se căsători şi care îl nedumerise cu atât de multe naşteri de fete dar care în final reuşi să-l liniştească atunci când îl născu pe Alexander.

Louis nu copleşea pe nimeni cu prea multe atenţii, nu se prea ocupase nici de fiul său cel mic şi nici de Adam, ajutase doar acolo unde chiar era necesar. Era mândru de înclinaţiile militare ale lui Alexander şi văzuse suferinţele servitorilor în urma bătăliilor purtate de fiul său cu ei, însă observase la fiul său şi o latură emoţională foarte dezvoltată, era parcă o bătălie dusă de băiat între sensibilitatea moştenită de la mama sa şi spiritul ostăşesc preluat de la tatăl său. Nu se îngrijoră în final foarte mult după această observaţie, de când se stabilise la Kirchheim viaţa lui se liniştise, calmul domnea peste tot şi prinsese gust de plimbări, de vânătoare şi mai ales de mese copioase. Asta nu era de mirare căci fratele său, Frederick, era neobişnuit de înalt şi de greoi. Spre uşurarea soţiei sale, Henriette, nu-şi urmă însă fratele pe această cale. Aceasta avea linişte şi din partea primului fiu al soţului său, de multă vreme dus în Rusia unde se juca alături de copiii Mariei Feodorovna, sora regelui şi a lui Louis, de fapt e un fel de a spune că se juca căci nu o mai făcea de mult. Era un tânăr ajuns acum în armata rusă şi prieten la cataramă cu Nicholas, penultimul născut dintre copiii mătuşii sale.

Ţinutul pe care şi-l alesese Louis pentru a-şi trăi anii de bătrâneţe era minunat pentru sănătate, era departe de Viena şi de zgomotele acesteia, ajungeau mai greu ştirile, iar asta îl mulţumea nespus pe duce. Avea acum timp pentru el şi copiii lui. Fetele îl cam încurcau, aşadar le lăsase pe seama mamei. Prima copilă avea deja 15 ani şi se gândea deja la un mariaj fericit pentru ea.

Henriette adora grădinăritul petrecându-şi în acest mod plăcut cât de mult timp putea, iarna însă avea alte privelişti de admirat: munţii erau plini cu zăpadă, iar săniile curgeau prin ţinut. În această perioadă lumea stătea mai mult prin casă aşteptând cu nerăbdare sărbătorile. Balurile ţinute la Viena o scoteau din lumea ei, apoi pregătirea Mariei pentru intrarea în societate şi tot ce era legat de acest lucru cădeau pe seama ei, chiar şi ţinutele soţului, dar era calmă şi îi considera pe toţi puii ei pe care încerca să-i ocrotească fără a le răni mândria. Îi plăcea Viena cea plină de lumini, de străzi pavate şi de trăsuri, de serate la care diamantele străluceau în lumina lumânărilor, însă o seară de iarnă la ferestrele camerei sale din castelul de la 130 de leghe depărtare de capitală o umplea de multă energie, dându-i putere pentru a întâmpina o nouă zi, fie ea cu soare sau cu plumb pe cer.

~ ~ ~

Departe, foarte departe de aceste locuri, mult mai la est, în Principatul Transilvaniei, același septembrie, același an 1812, o altă familie cu legături princiare transilvănene ce se pierd în timp. Un palat frumos se ivește în mijlocul unor grădini minunate, stilul său neobaroc, bolțile și saloanele sale îi confirmă valoarea arhitectonică. În imediata apropiere, chiar în fața acestuia se ridică biserica reformată, veche și ea, loc de întâlnire al localnicilor, lăcaș de rugăciune și aducere aminte că suntem muritori și lăsați în grija Domnului pe acest pământ.

Ne aflăm pe domeniul contelui Ladislau Rhedey de Kis Rhede, un ungur încăpățânat care nu lasă niciodată hotărârile pe seama altora. Așa e firea lui, însă soția sa, Agnes, o frumusețe pe timpul tinereții sale, neștearsă încă, a făcut ce a făcut și i-a topit inima. Multe lacrimi curseseră din ochii vlăstarului baronilor Inczedy de Nagy Varad dovedind de atâtea ori cât de egali suntem în fața Creatorului în primii ani de căsnicie și nu din cauza soțului, care și el le vărsase pe ale sale, ci din cauza celor doi copii născuți în armonie și iubire conjugală, morți amândoi de mici și fără de prihană. Ani la rândul primăvara venea, apoi trecea aducând după ea celelalte anotimpuri pentru a se reîntoarce, dar Agnes nu mai rămânea însărcinată.

De multe ori mergea la mormântul celor doi copii la biserica de peste drum și plângea udând lespedea rece sub care nicio inimă nu mai bătea. Nefericită mamă, căci nimeni nu o putea consola, nici pastorul cu rugăciunile lui nu-i putea aduce alinare. Deschidea biserica oricând dorea nefericita și o lăsa să-și verse amarul până când se hotărî ca, împreună cu tot satul, să înalțe rugi fierbinți pentru familia contelui. Se adunau toți sătenii și se rugau Fecioarei pentru nefericita Agnes, buna contesă care-i ajuta atât de mult mai tot timpul.

- Atât de tânără, atât de frumoasă și atât de greu încercată, spuneau cu toții în cor.

Lumânările ardeau pe altar una după alta, iar rugăciunile se ridicau spre cer ca fumul lor. Conții nu locuiau mereu aici la țară, aveau la Cluj un palat mare în care se țineau întotdeauna baluri și serate încercând parcă a-i da acestei familii umbrele de pe față la o parte. Aveau multe rude care le erau aproape, dar nu le puteau da însă un copil, o minune în viața aceasta stearpă pe care o duceau. Țăranii din Sângeorgiu de Pădure nu se lăsau însă bătuți, continuau să se roage pentru cei atât de buni cu ei. Când reveneau de la Cluj, conții Rhedey erau întâmpinați întotdeauna cu bucurie, erau iubiți de localnici. Agnes găsea întotdeauna flori pe mormântul copiilor ei, iar acest lucru o înduioșa. Își ridica voalul negru din dantelă fină și mirosea florile gândindu-se la pruncii ei. Cu timpul se liniștea și ieșea din biserică, îi saluta pe cei pe care-i întâlnea în scurtul drum spre palat, iar apoi porțile se închideau în urma ei cu zgomot. Urca scările minunatului ei cămin și se ducea în camera ei unde permanent ardea focul. Privea afară la munca grădinarilor din mâinile cărora ieșeau adevărate minuni. Uneori aceștia o zăreau și o salutau cu respect. Agnes le răspundea întotdeauna cu un surâs blând, după care se retrăgea de lângă fereastră. Ladislau nu era întotdeauna cu ea, dar asta nu însemna că se plictisea vreodată. Îi plăcea să citească, adora biblioteca, iar când avea nevoie de aer ieșea în grădină. Aici totul era aranjat cu perfecțiune în straturi, florile desenau adevărate curcubee prin felul în care erau plantate. Aleile pline de pietriș alb, fin te duceau peste tot printre covoarele multicolore. Grădinarii o înveseleau mereu și îi făceau surprize: flori noi, aranjamente noi aduse de te miri de unde de soțul ei și toate doar pentru zâmbetul ei, iar Agnes gândea privind la munca oamenilor că, așa cum ei scot plăntuțele plăpânde sau moarte înlocuindu-le cu altele noi și viguroase, tot așa și ea va trebui să aibă șansa unui copilaș, a unei noi plăntuțe viguroase. Speră și se întristă mereu până când Dumnezeu se îndură de ea și, când fu cu adevărat sigură, îi dădu vestea cea mare contelui:

- Ladislau, strigă ea coborând parcă prea iute scările, unde ești?
- Aici, în cabinetul de lucru, îi răspunse contele ieșindu-i în întâmpinare. De ce alergi? Ce s-a întâmplat? Agnes intra deja cu el de mână în camera lui de lucru.
- Ladislau, aștept, cred... cred că vom avea un copil, spuse ea cu vorba întretăiată. Nu am spus nimănui, am vrut să fiu sigură.
- Și ești? întrebă contele fericit și îngrijorat în același timp.
- Sunt, dar nu am văzut niciun medic, zise Agnes jucându-se copilărește cu rochia, tu ești primul care află.
- Vom chema atunci un medic de la Cluj, trebuie să știm exact. Vei naște aici, e iarnă, iar drumurile sunt greu de umblat, dar un doctor va fi aici. Sunt tare fericit, mă faci să sper și să cred că ni se va îndeplini voia.

Ladislau își îmbrățișă soția ca în prima zi. Dădu ordine scrise unor servitori care se puseră apoi pe drumul Clujului. Avea să afle, să fie sigur de fericirea lui. Trecură astfel mai multe zile până când medicul vestit prin scrisoare apăru la Sângeorgiu. Era un om subțirel, dar simpatic prin modul său de comportament, era vienez dar mai ales îndrăgostit de acest capăt de imperiu din care făcea parte Principatul Transilvaniei.

- Domnule conte, am consultat-o pe frumoasa dumitale soție, spuse acesta trăgându-se de mustăți tacticos în timp ce își aranja cu migală lucrurile în geantă. Frumoase locuri, dar cam frig, continuă el schimbând subiectul.

- Şi? întrebă Ladislau nerăbdător.

- Şi? Ah, da, soţia dumneavoastră este însărcinată şi pare a avea de acum cam trei luni după ştiinţa mea. Aici e frumos vara? întrebă acesta schimbând iarăşi subiectul.

- Da, este şi voi avea cinstea de a vă avea oaspete şi atunci. Soţiei mele îi plac plimbările pe malul apei.

- Este o apă în apropiere? întrebă medicul vădit curios să afle mai multe despre locurile acelea, întotdeauna mi-a plăcut să pescuiesc. Evident, nu la începutul lui martie, dar vara cred că e minunat.

- Dacă nu o să dăuneze cu ceva programului dumneavoastră, la vară vă veţi putea plimba cu contesa, râul se numeşte Târnava Mică şi să ştiţi că are destul peşte. Dar soţia mea?

- Soţia dumneavoastră e tare, domnule, va putea duce sarcina în condiţii foarte bune. Ţinutul e plin de aer curat şi asta îi va face tare bine.

- Mă bucur să aud acest lucru, spuse uşurat contele care aşteptase cuvintele acestea la limita răbdării.

Se auzi un ciocănit în uşă, apoi o servitoare intră şi făcu o plecăciune după care anunţă că masa este servită, iar doamna nu coboară preferând însă să mănânce în camera ei.

- Prea bine atunci, venim îndată, să ai grijă să mănânce stăpâna ta, căci domnul doctor ne-a confirmat vestea, aşteptăm un copil.

- Doamne, rugăciunile ne-au fost ascultate, spuse servitoarea ieşind fericită.

Toată lumea din palat află vestea în câteva clipe, pastorul în următoarele cinci minute, iar satul întreg în acea zi. Toţi trăiau cu gândul la contesa lor pe care vremea urâtă o ţinea în casă. Pentru Agnes însă nu mai conta, privea de la fereastră iarna care nu mai dorea să plece aşteptându-şi soţul. Când îl văzu intrând îi zâmbi şi îl întrebă:

- Ce ai dori să fie?

- O fetiţă frumoasă ca tine, spuse Ladislau luându-şi nevasta în braţe dar trăgând o privire şi la farfuriile de pe masă. Erau goale. Agnes mâncase. Cu băieţii nu prea am avut noroc, dar asta face parte din trecut, am să o răsfăţ şi nu voi lăsa pe nimeni s-o peţească fără acordul meu. Va străluci, va avea cei mai buni profesori şi poate, cine ştie, îmi voi da acordul să o peţească vreun nobil maghiar aşa ca noi.

- Ladislau, ce departe eşti cu gândul! Ce planuri! Iar pântecul meu nici nu se vede încă.

- Doctorul spune că eşti sănătoasă şi că totul e bine. Îi place se pare să pescuiască, iar Târnava e plină de peşti toată vara. După cum zice el, la începutul toamnei va fi sorocul. Aerul îţi va face bine, spuse contele.

- Unde este doctorul? întrebă Agnes.

- S-a retras în camera lui, e un bătrânel simpatic, după masă merge să se odihnească de fiecare dată. Ce-i drept l-a obosit şi drumul, dar ăsta e obiceiul pe care-l vei împrumuta şi tu de acum înainte, draga mea.

Agnes schiţă o grimasă nevinovată încercând să-şi convingă soţul că mai poate sta, însă fără şanse de reuşită. Neavând ce face se băgă în pat cu o teatrală bosumflare, prea bine cunoscută însă de soţul ei care o sărută, mai zăbovi lângă şemineu câteva clipe parcă pentru a se convinge că a fost ascultat apoi ieşi încet. Doamna adormise uitând de viscolul de afară care bătea în geamuri, în cameră era cald, iar draperiile erau bine trase. Afară grădina era plină de zăpadă.

Doctorul stătu întreaga săptămână promiţându-i cu solemnitate contelui că îşi va petrece vara şi toamna la pescuit pe Târnava mică, de altfel era şi plătit foarte bine şi avea totuşi parte şi de o pacientă încântătoare. Urma astfel să se întoarcă la începutul lunii iunie.

Agnes devenea din ce în ce mai frumoasă, părul îi strălucea, iar o linişte senină îi pusese stăpânire pe caracter. Se încălzise, iarna fugise în bârlogul ei în munţi, iar acum doamna se putea plimba în voie. Rudele veniseră în număr mare să o felicite şi să-i ureze tot ce se putea mai bun de urat, iar sătenii îi aduceau mereu flori de câmp şi lapte proaspăt.

Când doctorul veni în iunie fu mulţumit de ce constată: contesa era bine, iar peştii erau din belşug în râu. La început contesa îl însoţea, dar îi lăsă mai apoi ca partener un om de încredere de-al lui Ladislau. Agnes cobora în grădină în fiecare zi lăsându-şi camerista să-i citească din cărţi pline de iluzii şi vise minunate. Când îi sosi ceasul să nască, toată suflarea lăsă lucrul, iar porţile palatului fură deschise pentru toată lumea. Se născu o fetiţă, aşa cum îşi dorise tatăl.

- Stăpâne, la vârsta dumitale Dumnezeu te-a binecuvântat din nou, spuneau sătenii urându-i cele bune doamnei şi fetiţei.

- Aşa este, am 37 de ani dar contesa, soţia mea, are doar 24 de ani.

- Numai cum trebuie, stăpâne, mai spuseră ei.

Contele le împărţi bani tuturor, iar apoi închise porţile palatului pentru odihnă.

- Îi vom pune numele Klaudia, e frumos şi îmi place mult. Agnes încuviinţă dar adăugă:

- Klaudia Zsuzsanna, un nume al tău şi unul al meu.

- Cum doreşti, e frumos să aibă două nume, spuse contele fericit, dar îi vom spune Klaudia.

- Precum spui. Uite-o cum doarme... şi ce guriţă mică are! Nici că se vede.

8

- Da, e frumoasă aşa cum mi-am dorit, va subjuga Clujul la balurile la care va participa după intrarea ei în societate, dar până la 15 ani mai este, e doar a noastră şi nu a lumii. Şi apoi Viena, oraşul luminilor...

- Ladislau, deja visezi peste măsură, dacă va fi aşa de minunată precum zici, o vom pierde în capitală, ne-o va lua vreun conte austriac, îi răspunse Agnes zâmbind.

- Niciodată, fata mea nu se va căsători departe de ochii mei, eu îi voi sorti viitorul, iar nepoții mei vor creşte lângă mine aici în pădurile mele, în grădinile mele unde susură apa fântânilor, unde florile au mai multă culoare şi unde obrajii oamenilor au o culoare sănătoasă. Viena e bună, dar luată cu linguriţa, ca pe un medicament. E plin de vicii acolo, i le voi arăta Klaudiei doar pentru a o învăţa să se ferească de ele.

- Sssst... o trezeşti cu dorinţele tale, mai bine ai ieşi, dragule.

- Bine, ne-am cam aprins ce-i drept, iar tu eşti obosită şi trebuie să te refaci. Ies dacă zici...

Ladislau îi sărută fruntea soţiei mângâind-o cu mustăţile sale lungi, apoi ieşi uşor fără a mai face vreun zgomot. Apăru de asemenea de undeva şi doica în timp ce Agnes îşi aşeza aşternutul mai bine.

- Îi este foame, spuse femeia luând-o pe micuţa Klaudia din culcuşul ei, va trebui să o şi schimb de hăinuţe. Are stomacul bun.

Plânsul fetiţei o înveseli pe mamă, dorise atât de mult să mai audă un aşa zumzet lângă ea, dar curând încetă, din camera ce comunica printr-o uşă cu cea a contesei nu se mai auzea nimic. Agnes adormi.

Ladislau se retrăsese în camera lui de lucru, avea de întocmit lista invitaţilor pentru petrecerea închinată venirii pe lume a celei mai dorite fetiţe. Începu să aşeze pe foaie întâi rudele lui Agnes, apoi ale lui şi mai apoi multă nobilime transilvăneană. Hotărâse ca ceremonia să aibă loc la sfârşit de octombrie şi-i scrise astfel şi pastorului din Sângeorgiu. Nu dorea să-şi mute doamnele din loc, astfel că totul urma să aibe loc aici, unde se născuse micuţa Klaudia, al treilea copil al său şi unde dormeau ceilaţi doi copii ai lui răposaţi de ceva vreme.

Veni şi luna octombrie. Klaudia, micuţa contesă, deborda de sănătate spre fericirea celor doi părinţi care se întâlniseră întâmplător într-o zi în biserica goală la mormântul celor doi fii ai lor.

- Am crezut că Domnul m-a uitat şi mă pedepseşte, spuse Agnes şoptind, dar nu a fost aşa, m-am înşelat.

- Şi eu am crezut la fel, însă nu mai cred de ceva vreme, îi răspunse soţul. Nu îţi este frig?

- Nu, nu îmi este frig, mă simt bine, îi răspunse Agnes, dar va trebui să încălzim biserica la botez.

- Am vorbit deja despre asta, nu-ţi fie teamă. O vom îmbrăca mai gros pe Klaudia, iar pastorul nu-i va dezgoli decât cât trebuie pentru taina sfântă a botezului. Căpşorul îi va sta acoperit, doar puţin din frunte îi va fi liberă, mai mult nu.

- Da, este bine aşa. Ar trebui să mergem, sora mea şi fraţii tăi ne consideră deja dispăruţi, murmură contesa.

Fericiţi, cei doi părinţi ieşiră din biserică îndreptându-se spre minunatul lor palat braţ la braţ, împliniţi şi îmbătaţi de viaţă. Ieşi apoi şi pastorul din ungherul său şi, lăsându-şi capul în jos, zâmbi cu mulţumire. Era bucuros că stăpânii locurilor acelea aleseseră biserica lui şi nu alta din Cluj, probabil mult mai mare şi mai arătoasă. Se îndreptă spre lespedea cu numele celor doi copii Rhedey, aşeză florile cu mâinile tremurânde, spuse o scurtă rugăciune, apoi ieşi încuind biserica în urma lui. Nu era nicio slujbă în acea zi, fusese o întâmplare că venise la biserică precum şi o coincidenţă vizita celor doi conţi. El o va boteza pe micuţa pe care avusese deja prilejul de a o vedea.

În ziua cu pricina un soare rece de octombrie se lăsă să apară pe cer. Dar ce forfotă, ce de flori aduse cu mare cheltuială, lume multă şi de viţă nobilă, prostime cu gura căscată şi tot ce putea conţine un asemenea eveniment.

Pastorul primise chiar şi o scrisoare de felicitare că avea fericita ocazie să boteze un vlăstar atât de dorit şi care are în spate asemenea neamuri ilustre ca Racz de Galgo, Kendeffy de Malomviz, Inczedy de Nagy-Varad şi multe altele fără a uita că mica contesă era descendetă directă a Principelui transilvan Ferenc Rhedey.

Biserica era o mică bijuterie împodobită acum ca la zile mari, palatul conţilor strălucea de lumini, bucătarii dădeau zor să termine cu pregătirile pentru ospăţ, camerele de oaspeţi îi primiseră deja pe aceştia veniţi care cu o zi înainte, care în dimineaţa aceea. Clujul se mutase de asemenea pentru o zi la Sângeorgiul de Pădure. Agnes înflorise din nou, iar tinereţea celor 24 de ani i se citea în ochi. Nici tatăl trecut de 35 de ani nu se lăsa mai prejos. Naşii au fost şi ei la înălţimea evenimentului, iar pastorul se gătise şi el în hainele de ceremonie cele mai frumoase.

Un eveniment atât de emoţionant şi de important a rămas neşters multă vreme din inimile celor care au asistat fie ei şi din afara palatului ori locurilor acelea. Ce mir vărsase Dumnezeu pe fruntea copilei prin mâinile pastorului? Ce destin îi şoptise Klaudiei la ureche? Fetiţa stătea cuminte şi tăcută parcă ascultând vorbe venite de departe, spuse doar pentru ea. Ce avea să-i ofere viaţa? Ce soartă va fi fost hotărâtă pentru acest copil frumos ca un diamant cu mii de străluciri? Toţi se întrebau de viitor ştiind că aceste contese Rhedey aveau o flacără în loc de inimă şi iubind se mistuiau odată cu ea, se transformau în rug aprins până când Domnul le va chema la El.

10

CAPITOLUL 2

Micul Alexander creştea înlănţuit de cele două caractere: cel al tatălui său, mai dur dat fiind cariera militară a acestuia, şi cel al mamei sale, plin de blândeţe şi ocrotitoare beatitudine. Castelul lor era oaza lui de fericire, vizitase de puţine ori Viena, dar i se păruse foarte mare şi plină de zgomot. Privea de la fereastra camerei sale trăsurile cu blazon, doamnele cu acele pieptănături elegante, cu rochii care mai de care mai frumoase şi care le făceau atât de fragile pe distinsele lor purtătoare. Pentru prima dată părinţii îl luară la două evenimente importante din capitală. Era mărişor acum şi nu semăna deloc cu tatăl său sau cu unchiul său, regele. Era frumos, subţire, înalt pentru vârsta lui, iar sensibilitatea i se citea pe faţă.

Evenimentele de care vorbeam ceva mai devreme erau: înmormântarea regelui Frederick I la începutul lui noiembrie 1816 la care toată familia regală trebuia să participe, precum şi încoronarea vărului său, Wilhelm I, ca rege în locul tatălui său. Atunci Alexander văzu pentru prima dată curtea regală, paradele militare, uniformele, mândreţea ostaşilor, caii fremătând sub comandanţi preocupaţi, steaguri fluturând şi îi plăcu.

- Mamă, ce frumos, îi spuse el femeii ce-i dăduse naştere.

- Da, dar totuşi este un moment trist pentru că fratele tatălui tău a murit. Te-a impresionat, nu-i aşa? Inima ta este plină acum de aceste imagini. Tu nu vei fi niciodată rege, însă vărul tău va fi, este conform legii primului născut, poate este mai bine aşa. Cine poate şti? Mi-e dor deja de castelul de la Kirchheim unter Teck, de liniştea lui, de păduri, de tot ce este acolo, însă nu putem pleca până la încoronare. Vei vedea lucruri măreţe.

- Am văzut armata şi mi-a plăcut, voi face şi eu parte din ea la vremea potrivită. Îl voi sprijini pe vărul meu mai mare, nici nu m-am gândit să fiu altceva decât ceea ce sunt, adică un militar strălucit.

- Iar toate doamnele vor dori să-şi căsătorească fetele cu tine, îi spuse râzând mama.

- Eu nu mă gândesc niciodată la căsătorie, darămite s-o mai fac, am doar 12 ani şi sunt destul de mare să mă împotrivesc, iar tata e aşa de obosit în ultima vreme. La ultima plimbare în pădure ne-am oprit de mai multe ori.

- Tatăl tău este cam corpolent, vezi şi tu cum este şi fratele său, răposatul rege. Efortul e mai mare pentru oameni ca ei. Tu însă semeni cu mine, tras ca prin inel şi sunt foarte mândră de asta, te potriveşti mai mult laturii Nassau-Weilburg a familiei din care mă trag eu, îi răspunse Henriette cu o oarecare mândrie.

- Te cred, mamă, dar eu cred că am văzut altceva în ochii lui. Am socotit, are 60 de ani împliniţi.

- Şi o poate duce mult şi bine cu puţin exerciţiu fizic şi cu un regim de masă mai calculat, dar acest lucru este imposibil de realizat şi de convins la un Wurttenberg cum este tatăl tău.

- Poate ai dreptate, mamă, apoi copilul se îndepărtă nelămurit încă de ducesă asupra temerilor sale privindu-l pe tatăl său.

După marea ceremonie de înhumare a trupului regelui Frederick, băiatul cu ochi mari şi albaştri avu voie să privească încoronarea lui Wilhelm I de Wurttenberg şi a soţiei acestuia, o verişoară comună, fiică a mătuşii sale din Rusia. Wilhelm se căsătorise la începutul anului, iar relaţiile cu ruşii se clarificaseră din nou.

- Mamă, şopti el, ce obositor, eu nu mă voi căsători niciodată. Veşmintele sunt prea grele, e mai frumos să călăresc, chiar mi-e dor de calul meu de acasă.

- Ştttt, şopti ducesa, rabdă puţin, până la urmă e chiar frumos, apoi aparţii acestei lumi chiar dacă pe fruntea ta minunat de albă nu va sta niciodată vreo coroană. Uite, tatăl tău e mai plictisit ca tine şi totuşi rabdă şi se chinuie să nu adoarmă, e admirabil în felul lui.

- Eu cred că e bolnav, mamă.

- Eu cred că nu, îi este doar dor de casă. Mâine vom pleca spre casă, regele trebuie să domnească.

Fericit fu momentul când ajunse să-şi încalece calul favorit pe care nu-l mai văzuse de multă vreme datorită evenimentelor din capitală. Efortul galopului îi dădu culoare în obraji şi vioiciune pe care le pierduse la curte unde eticheta era foarte strictă.

Trecuse şi iarna, iar primăvara lui 1817 se arătă blândă, îndemnând la lungi plimbări prin grădini sau călare pe cărări nebănuite. Alexander nu mergea decât rar singur, avea un fel de însoţitor permanent pe care tatăl său i-l pusese la dispoziţie. Era cu 4 ani mai mare decât el, avea deja 17 ani, iar Alexander urma să împlinească 13 ani doar în septembrie. Şi-l făcuse prieten pe acest tânăr pe care-l chema Eugen şi care era fiul contelui din vecinătatea domeniului lor, le era cumva vasal.

- Ştii, duce, ce înseamnă iubirea? îl întrebă vicontele într-o zi.

- Nu am vârsta necesară pentru a experimenta asemenea sentimente, viconte, de unde ai vrea să ştiu? îi răspunse ducele râzând. Mie mi-ar plăcea să am vârsta ta să mă duc ostaş în campanie. Dragostea asta nu îmi inspiră încredere.

- Ha, ha, ha, râse Eugen, ai dreptate, însă măcar o dată în viaţă te va săgeta, iar după câte văd va mai dura la tine chiar dacă familia te va conduce uşurel spre vreo alianţă dorită şi politic spre binele familiei regale. Ţie îţi place oricum sala de arme şi eşti foarte bun în mânuirea lor, te admir, însă vezi tu, eu iubesc deja. Când o văd îmi trece transpiraţia prin tunică, dar vezit tu, şi la noi, cei mai mici dintre nobili, căsătoriile se fac ca şi în familiile domnitoare, adică după o anumită politică. Tare mă tem că tata are deja politica lui.

- Pe care o vei urma? întrebă interesat ducele.

- Dacă fata pe care o iubesc mi-ar da un semn aş face totul pentru ea, însă nu-l face, e logodită cu altul, zise oftând vicontele.

- Suferi... înţeleg, concluzionă Alexander.

- Da, din nefericire. Voi aştepta, nu e totul pierdut, dar nici mare lucru de câştigat, toate scrisorile mi s-au returnat, ce-i drept citite, dar nu este suficient.

- Sper, zise ducele, să mă ferească Dumnezeu de aşa patimă dureroasă, eu aş vrea să lupt, dar tata nu mă lasă, sunt încă prea tânăr la 13 ani, nici ăştia împliniţi. Oricum, timpul trece, la vară ne vom scălda în râu, de-abia aştept. Şi poate se hotărăşte şi soarta ta cumva, Eugen.

- Da, nu mai durează mult. Te-aş ruga să mă laşi să plec...

- La domnişoara ta? întrebă ducele. Da, du-te! Nu te voi întreba de nimic, nici cine este şi nici cum arată, iar dacă m-o vedea tata singur mă voi descurca eu cumva. Pe mâine atunci!

Ducele întinse primul mâna, o mână mică înmănuşată, zâmbindu-i prietenului fericit că poate pleca. Eugen i-o zdruncină fericit şi, salutând cu mâna la pălărie, fugi pe o potecă opusă direcţiei în care merseseră până atunci. Alexander izbucni în râs, iar ecoul îi aduse râsul înapoi, uitase deja de dragostea lui Eugen, nu era o problemă a lui, dar putea ajuta şi chiar ajutase, mai mult nu îi stătea în putinţă să facă. Se mai plimbă puţin singur apoi se întoarse agale spre grajduri. Era linişte peste tot şi nu prea înţelegea de ce.

Urcă la el în apartament şi se schimbă de costumul de călărie. Era un tânăr ce promitea mult, fruntea lui inteligentă dovedea că este şi frumos dar şi deştept. Îi plăcea să citească tratate de vânătoare sau militare, adora compania mamei sale care îl considera şi acum un băieţel de o şchioapă, însă uneori dorea să scape de această mână blândă care-l înconjura cu

13

dragoste şi-l ferea de neplăceri. La masă, după ce tăcu un timp, i se adresă tatălui:

- Aş dori, dacă se poate, ca atunci când voi împlini 15 ani să mi se recomande un regiment unde să merg să lupt, vreau să fiu de folos. Îmi place tare mult milităria.

- Fiule, îi răspunse Louis de Wurttenberg, peste doi ani este în regulă, am să vorbesc cu regele pentru tine şi nu cred că va fi împotrivă. Ţara are nevoie mereu de luptători curajoşi, iar tu poţi fi unul dintre ei. Anul ăsta ai deja 13 ani, următorii doi dedică-i mamei tale şi surorilor tale apoi armata te va face din băiat un bărbat adevărat cât ai clipi.

- Mă voi dedica puţin şi ţie, râse Alexander privindu-şi tatăl.

- Da, fiule, puţin şi mie însă mai mult celorlalţi, iar negura de care băiatul îi povestise mamei sale se aşternu, invizibilă pentru ceilalţi pe faţa ducelui. Tată şi fiu înţeleseră ceva din această privire pentru că Louis îl duse după masă în camera lui de lucru pe mezinul său, apoi îi vorbi. Tu, fiule, mă înţelegi fără vorbe, aşadar voi vorbi fără ocolişuri cu tine. Ai văzut nişte semne pe chipul meu acum ceva vreme, semne pe care le-ai văzut şi astăzi, doar tu le-ai sesizat. Cruţă-ţi mama căci ai văzut bine. Paloarea aceasta trecătoare nu este bună, am consultat un doctor la Viena. Mă voi duce, fiule, lângă fratele meu curând, mi se înceţoşează privirea şi pentru o clipă totul se învârteşte în jurul meu. Cred că mă ascund destul de bine de mama ta, aşa-i?

- I-am spus despre tine atunci când eram la Viena la încoronarea vărului meu, dar nu m-a luat în seamă, zice că ţi se poate întâmpla din cauza corpolenţei specifică bărbaţilor din familia noastră. Se bucura că eu sunt frumos şi slab.

- Mă bucur că-mi spui acest lucru, nu vreau în preajmă decât munţii cu pădurile lor, boala nu se mai întoarce din cale, nu vreau umblet în jurul meu. Vreau să-mi trăiesc zilele pe care le mai am în felul meu, iar tu ai să te porţi ca şi cum nu ai şti nimic, promiţi?

- Promit, tată, dar mă întristează aceste noutăţi.

- Nu ai spus că vrei să fii militar, să conduci armate? Cum o vei face dacă nu-ţi poţi stăpâni inima?

Alexander nu mai spuse nimic, se înclină şi ieşi din încăpere urcând apoi scările către camera lui. Ajuns în cameră începu să plângă, plânse destul de mult apoi după o vreme se linişti. Chemă servitorul căruia îi înmână un bilet către tatăl său:

„ Azi a fost ultima dată când am plâns, nu voi mai plânge niciodată. Ai dreptate, tată! Te iubesc! Îţi voi păstra secretul alături de inima mea fără a-mi arăta vreodată durerea." Louis, ducele, nu plecase încă din camera sa de lucru. Primi biletul fiului său, îl citi apoi încet îl apropie de flacăra unei lumânări. Se mistui încet ajungând o fărâmă de

14

scrum pe tăvița unde obișnuia să ardă documente. „Nimic din slăbiciunea fiului meu...", gândi tatăl calm.

Nimic nu se schimbă în următoarea perioadă în atitudinea ducelui Louis cu privire la familia sa, parcă era mai voios ca niciodată. Așa cum își cântă lebăda ultimul cântec, la fel trecură și ultimele luni din viața tatălui lui Alexander. În cursul lunii august, abia atunci, ducesa realiză întâmplător ce se întâmplă, fiind martoră fără voie la o scenă dintre cel mai apropiat servitor al soțului ei și acesta din urmă. Închise ochii și își dădu seama cât de oarbă fusese și câtă dreptate avusese fiul ei. Sensibilitatea lui Alexander îl făcuse pe acesta să vadă acolo unde ea nu fusese în stare. Se învinovăți multă vreme până când fu în stare să-i povestească lui Alexander durerea ei într-una din ultimele nopți ale acelei veri când aerul în munți devine răcoros și tare, iar luna strălucește ca un mare diamant pe cerul senin. Fiul o consolă cât putu și o rugă să nu se arate în fața ducelui.

- L-ar întrista, el chiar se bucură că nu vezi nimic, mamă. Eu știu totul de multă vreme. A fost la doctori la Viena, dar a fost în zadar. Este probabil ceva în sângele nostru.

- Sper ca tu să nu fi moștenit nimic, zise repezit Henriette și nici fetele.

- Cine poate ști? Fii veselă, luna viitoare e ziua mea, voi avea 13 ani, iar peste doi ani voi fi în armată. Ce bine! Eugen, prietenul meu, a plecat deja, însă el are 17 ani și nu a avut încotro. Iubea fără speranță. Eu n-am s-o fac niciodată căci l-am văzut chinuindu-se.

- Dacă tu nu vrei să te căsătorești, o vor face alții pentru tine căci faci parte din casa regală. Politic se va găsi întotdeauna ceva, zise ducesa.

- Niciodată, mamă, Eugen este atât de curajos, dar din cauza acelei femei plânge asemenea unui copil.

Henriette zâmbi și, puțin mai liniștită, se retrase în camerele ei. Avea un adevăr în față și nu era singură în fața lui. Se gândi să rămână naivă și să-l implice pe soțul său în organizarea zilei lui Alexander. Știa că-l va obosi pe Louis, dar îi va plăcea mai presus de durere.

În data de 9 septembrie multă lume umplu grădinile castelului, era frumos afară, iar vremea rămăsese călduță. Eugen obținuse o permisiune acordată ușor de către comandantul său.

- Nu mai sufăr, Alexander, s-a măritat, s-a dus... Nu putea fi a mea, nu mă iubea.

- Te înțeleg. Uite, mama ne cheamă să vedem artificiile.

Petrecerea fusese minunată, însă cel mai emoționant moment a fost atunci când tatăl și-a vizitat fiul.

- Alexander, tu știi că pentru mine doar tu ai contat, niciodată fratele tău Adam. El e departe, să nu-l urăști după moartea mea, e drept, e mai mare decât tine cu mulți ani.

- Stai liniştit, tată, a fost atât de frumos astăzi. N-am să uit niciodată această zi, toţi mi-aţi fost alături.
- Chiar şi eu, pentru ultima dată, îi zise ducele.
- Eu nu gândesc aşa, îi răspunse fiul, nu pot. Este aşa de bine aici departe de treburile încâlcite ale curţii unde vărul meu se ocupă minunat de toate, eu nu aş fi fost în stare.
- Eşti asemenea mamei tale în multe privinţe, zâmbi Louis ţinând mâna fiului său într-a lui.

Liniştea se lăsă între cei doi şi nici măcar din pădure nu se mai auzea nimic. Servitorii terminaseră de multă vreme de strâns când băiatul adormi în sfârşit. Cât despre tatăl său acesta îşi presimţise sfârşitul cu adevărat. Muri curând, chiar în aceeaşi lună, în a douăzecea zi. Fusese o înmormântare fastuoasă ce avu loc la Stutgart unde ducele a fost înmormântat în biserica reformată Stiftkirche şi plâns cu demnitate. Familia s-a întors acasă după ce toată ceremonia luă sfârşit, Henriette pentru a începe o viaţă de singurătate, iar restul copiilor pentru a-şi încropi planuri. Eugen, prietenul lui Alexander, viconte de Wetterstein, primi să rămână cu ducele cel tânăr promiţându-i acestuia ca peste doi ani să meargă împreună în armată.

Trecură anii, sora lui Alexander se căsători cu regele, vărul său Wilhelm I, iar Alexander lăsă ca armata să-i ocupe tot timpul distingându-se prin mintea lui strălucită şi prin viziunea lui asupra diverselor confruntări la care participase cu succes. Începu să calce mai des pe la curte unde vărul său se arăta mulţumit de el, dar în sfârşit şi de soarta moştenirii casei regale.

Sora lui Alexander a născut în 1823 un băieţel sănătos, moştenitor fără îndoială al tronului şi al casei regale. Acest fericit eveniment încheie o serie întreagă de emoţii prin care a trecut Wilhelm I de-a lungul a două căsătorii nefericite care nu reuşiseră să-i dăruiască un moştenitor, precum şi după o primă naştere a surorii lui Alexander care îi dărui pentru început o fată. Toate emoţiile au dispărut odată cu venirea pe lume a băieţelului său în 1823, an în care Alexander avea 19 ani, iar credinciosul său prieten 23.

Eugen o uitase pe Amelie, fata contelui von Wenge, căsătorită acum cu Klaus von Midderhoff, care se schimbase mult între timp, se urâţise. Eugen rămăsese lângă duce mai tot timpul, la baluri, la serate, inima nu-i mai tresalta, o compătimea luând-o uneori la dans. Ştia de escapadele soţului ei şi mai ştia că născuse de două ori până atunci. Uneori vedea în ochii ei regretul că greşise în alegerea ei, dar acum nimic nu mai putea schimba alegerea făcută cândva.

Alexander nu iubea pe nimeni, nici măcar nu cochetase cu cineva, iubea milităria şi corectitudinea ei, făcea drumuri dese acasă aducându-i

16

mamei sale alinare în văduvia ei. Ea îl primea cu dragoste şi multă linişte, devenise tăcută, dar zâmbetul şi-l păstrase la fel. Râdea de Alexander când acesta spunea că nu se va căsători niciodată.

O dată pe an Henriette îşi vizita rudele de la Stuttgart, mai mult din obligaţie şi apoi mergea mai mult pentru a-şi vedea fiica. Drumul către casă era întotdeauna mai fericit decât cel către capitală, tânjea după pădurile ei şi după grădinile locuinţei sale. Alexander o înţelegea în toate dintr-o privire, dintr-o strângere uşoară de mână. Toate concediile şi le petrecea la Kirchheim unter Teck alături de mama sa. Eugen se căsători până la urmă, îndrăgostit de iubita lui până peste urechi, cum s-ar spune. Fusese cavaler la nuntă şi chiar dacă mirele spera ca ducele să poată îndrăgi vreo domnişoară prezentă la petrecere, aceste speranţe muriră însă repede. Rămăseseră foarte buni prieteni, iar după ce muri tatăl lui Eugen acesta deveni conte urmându-i tatălui său, dar deveni de asemenea un tată şi un soţ credincios îngrijorat din orice lucru neînsemnat, după părerea lui Alexander.

~ ~ ~ ~ ~ ~ ~ ~ ~ ~ ~ ~ ~ ~ ~ ~

Să ne întoarcem în îndepărtatul Principat al Transilvaniei, frumosul paradis lăsat pe pământ şi încă neîmblânzit de om ca alte meleaguri în care pădurile sunt pline de vânat, iar satele mândre cocoţate pe culmi ocrotite fiecare de câte o biserică.

Klaudia, frumoasa noastră născută în 1812, creştea în fiecare an, frumoasă şi delicată, dar sănătoasă. Trecuse cu bine peste vârsta la care fraţii săi plecaseră la ceruri, momente pline de teamă şi speranţă pentru părinţii săi. Era o fetiţă cu zulufi blonzi greu de stăpânit de servitoarea ei. Alerga toată ziulica prin grădini aducând zâmbete pe feţele oamenilor care le lucrau mai cu spor atunci când îşi zăreau stăpâna. Cel mai mult îi plăcea însă atunci când tatăl ei o lua călare în faţa lui pe şa şi colindau singuri ţinutul. Avea 5 ani când Agnes încuviinţă prima plimbare făcută astfel.

- Îmi place pădurea, tată, copacii sunt înalţi până la cer, iar dacă stai pe iarbă parcă totul se învârte când te uiţi la vârfurile lor.

Contele râdea cu poftă la spusele copilei care era fericirea lui supremă. Alerga alături de ea prin poieni de parcă nu ar fi trecut de 40 de ani, se punea în mintea fetei şi culegeau flori pe care i le puneau contesei în păr de cum ajungeau acasă. Strigătele de întoarcere ale fetiţei se auzeau de departe, toată lumea ştiind că cei doi vor sosi curând. Agnes lua fetiţa din şa printre florile care-i curgeau pe umeri, pe faţă, pe veşmânt şi o ducea în casă sărutând-o. Îi plăceau bujorii din obrajii bucălaţi ai fetiţei pe

17

care îi săruta necontenit, îi schimba apoi fetei hainele care miroseau atât de bine a pământ şi a iarbă dându-i altele curate printre râsete şi mofturi de fetiţă alintată.

De multe ori Ladislau, contele, era plecat şi rămâneau singure multe zile. Atunci se inventau alte jocuri în palat şi prin împrejurimi, era rândul mamei să aibă copilul doar pentru ea, însă lipsa contelui era resimţită de amândouă, nu exista bucurie mai mare decât revenirea acasă a bărbatului.

La ultima întoarcere, contele, la masa de seară, îi spusese soţiei sale că e timpul ca micuţa lor Klaudia să cunoască Clujul şi casa lor de acolo.

- Este sănătoasă, va trebui să ne împărţim timpul între cele două reşedinţe mai ales că în curând vă trebui să-i găsim profesori de muzică, de dans, limbi străine şi multe altele.

- Nu-mi vine să cred că a crescut atât de mult. Vom merge precum zici la Cluj, însă te rog să-i mai laşi un an de joacă, îi răspunse Agnes.

- Îi mai las şi doi, dacă vrei, dar la şapte ani va începe educaţia pentru societate. În aceşti doi ani poţi s-o înveţi să scrie şi să citească, dar 1819 va fi anul ei de şcoală serioasă cu profesorii cei mai buni ce vor fi chemaţi acasă. E frumoasă, iar împreună cu o educaţie aleasă va fi o muză, o zeiţă, zise Rhedey netezindu-şi mustăţile.

Fetiţa nu se împotrivi să lase satul ei frumos pentru capitala Principatului, era atât de curioasă şi dornică de cunoaştere.

- Aşadar o jumătate de an aici şi jumătate de an dincolo, concluzionă ea în faţa părinţilor, şi o să mă înveţe mama să citesc şi să socotesc doi ani, iar mai apoi voi avea profesori.

- Exact, draga mea, chiar aşa, ai înţeles bine. Atunci vei avea 7 ani pentru că acum ai 5, deja facem aritmetică, după cum vezi. Îţi va plăcea, îi spuse Agnes privind la copila ei minunată. Nu credea în poveştile despre femeile familiei Rhedey. Agnes era sigură că tot necazul o va ocoli pe Klaudia ei dragă aşa cum ocolea ea subiectul cu rudele din partea soţului sau vizitele prea dese la cavoul familiei din Cluj unde, într-adevăr, văzuse multe nume de contese Rhedey moarte de foarte tinere.

Fetiţa îi fusese dăruită la rugăciunile supuşilor familiei, a unui sat întreg, având-l pe pastor alături. Avea s-o vadă mireasă şi avea să-şi crească nepoţii. Gândurile acestea îi venirâ într-o secundă mamei şi îi zburară în trei privindu-şi copila foindu-se pe scaunul prea mare pentru ea, ridicată fiind la masă pe multe perne. Aşa dorise tatăl, iar Agnes se amuză copios acceptând, doar când se întâmpla să primească musafiri atunci fetiţa lipsea.

Klaudiei îi plăcu mult Clujul şi noua ei casă parcă ceva mai zgomotoasă, lumea era diferită, necunoscută şi nu dădea bineţe ca în

Sângeorgiu de Pădure. Se obişnui cu acest lucru şi începură să-i placă plimbările cu trăsura, ocazii în care putea privi curioasă pe geamul cupeului, studiind oraşul acesta atât de mare şi de luminat. Aşa trecură anii între cele două reşedinţe ale familiei. Fusese o elevă sârguincioasă, învăţase tot ce trebuia să ştie o fată la acea vreme. Tatăl ei era mândru de ea şi o păstra ascunsă lumii în palatele sale. Era foarte frumoasă micuţa contesă Rhedey căci te topeai privind-o astfel că mulţi taţi de băieţi îi cerusera mâna pentru fiii lor când va fi să vină vremea, însă Ladislau râdea cu poftă cu capul aplecat pe spate trăgându-se apoi de mustăţi cu o oarecare mândrie. Atâta avea, o comoară şi o dădea scump. Îi mângâiase zilele lui şi ale soţiei sale, însă era conştient că în curând trebuia să o prezinte la primul ei bal în înalta societatea transilvană din care făceau parte şi ei. Deocamdată amânase acest lucru pentru anul următor lăsându-i un an de tihnă Klaudiei la Sângeorgiu. Avea 14 ani şi era anul 1826. Agnes era ocupată până peste cap să-i împlinească soţului dorinţele, astfel că îi făcură o mulţime de rochii fetei, rochii de domnişoară, nu altfel, în care ea avea să strălucească în anul ce va urma.

De multe ori cele două petreceau singure clipe minunate la Sângeorgiu, adunau ciuperci făcându-i câte o surpriză bucătăresei, făceau vizite la casele sătenilor dându-le tuturor monezi şi binecuvântări. Aici Klaudia se simţea în largul ei, alături de oameni, nu trebuia să se ferească, îi cunoştea pe toţi şi le simţea căldura şi dragostea. La Cluj stătea mai mult cu profesorii, iar dacă ieşea o făcea cu trăsura. Nu era încă prezentată, deci nici vizite sau prietene nu avea, chiar dacă mama ei avea zilele ei în care saloanele palatului Rhedey se umpleau de lume şi unde ea stătea câteva ceasuri retrăgându-se apoi conform bunei cuviinţe.

Nici unul dintre tinerii pe care-i văzuse nu-i făcuseră inima să tresalte, chiar dacă i se explica despre fiecare cu multe amănunte. Rămânea visătoare alături de pacea ei interioară. Tatălui ei îi convenise indiferenţa ei hotărând acel ultim an departe de capitală.

În acel an nu doar bucătăreasa şi oamenii satului se bucuraseră de Klaudia, ci şi pădurea şi caii şi luna şi cerul şi păsările pe care le striga făcându-le apoi să dispară. Îi plăcea să ducă flori şi să le aşeze pe lespedea sub care dormeau fraţii ei. Privea cu multă curiozitate, nu cunoscuse durerea aspră, nu o durea lipsa celor doi căci nu-i cunoscuse. Mama ei îi povestise şi suferea puţin pentru ea, dar pacea ei nu era atinsă de nimic, nici măcar nu se gândea că la anul ce va veni tatăl ei o va duce în faţa marilor nobili ai curţii de la Viena, la balurile de acolo unde sezonul aprindea atât de multe bucurii necunoscute ei.

Plecau toţi trei în călătorie, familia considera o datorie prezentarea fetei şi aşa gândea şi ea. Ştia apoi că se va întoarce şi că un mariaj avea să apară curând. I se explicase, înţelesese şi se supusese. Asta era destinul oricui, fie el sărac ori bogat, trebuia să ducă mai departe sângele părinților săi alături de vreun grof, după cum îi era dorința lui Ladislau.

Așa trecu anul într-o fulgerătoare viteză. Tulburase audiența când fusese prezentată curții, Klaudia strălucea. Îmbrăcată în alb, cu părul așezat conform vremii, cu pantofiorii ca ai unei păpuși și cu câteva bijuterii simple, dar pline de sens, strălucise. Agnes nu dori să o încarce cu multe bijuterii ori cu vreo costumație prea complicată, căci simplitatea îi scotea în evidență frumusețea. Klaudia a dansat, a zâmbit și le-a dovedit părinților cât de sârguincioasă a fost în pregătirea ei cât fusese elevă. Multă vreme se vorbise despre mândrețea de fată a conților Rhedey de Kis-Rhede, iar invitațiile umpleau tava din holul palatului. Klaudia vizită însă doar casele rudelor sale hotărând mai apoi să plece la Sângeorgiu de Pădure. Nu nedreptățise pe nimeni, hotărâse doar să nu mai zăbovească în Cluj, dorea să alerge încă prin pădure știind că o căsătorie ar despărți-o curând de locurile ei dragi. Contele Rhedey nu se împotrivi, în lipsa fetei avea să culeagă el laudele pentru ea. Peste numai o lună urma să ajungă la Viena. Agnes o urmă din nou, însă parcă întristată. Discutase și cu pastorul despre tristețea ei.

- Crește, părinte, în curând se va mărita și nu va mai fi a mea, se va duce după soț, te miri pe unde. A avut un succes imens la curte și cu siguranță se va repeta acest lucru și la Viena. Balurile de iarnă încep curând, iar noi vom fi acolo să primim Crăciunul și Anul Nou 1828 ce va să vină, dar mai am puțin răgaz aici în pacea acestor locuri. Totul este gata, rochiile, tot, absolut tot...

- Nu fi tristă, Agnes, copila mea, îi spuse servitorul lui Dumnezeu, e în firea lucrurilor tot ce se întâmplă. Și tu ai plecat de acasă, iar părinții tău au încuviințat acest lucru. De când este lumea, femeia e sortită să își urmeze bărbatul, fiecare avându-și scris în frunte norocul.

- Norocul său, părinte? întrebă cu ochii în lacrimi contesa.

- Ce faci? La ce te gândești? o întrebă părintele înțelegându-i firele rațiunii. Nu are soarta majorității conteselor Rhedey, nu te gândi la acest lucru. Klaudia are alt noroc, dar aceeași frumusețe. Nu aduce furtuna asupra casei Agnes, sunteți fericiți!

- Într-adevăr, suntem fericiți și îmi este frică de atâta fericire, spuse contesa.

- Drum bun, Agnes, și mult noroc să aveți la Viena, Klaudia va avea un viitor minunat! Nu te arăta tristă, căci o vei face să sufere. Știi cât de sensibilă este și cât de ușor înțelege tainele pe care tu încerci să le ascunzi. Pastorul luă mâinile contesei într-ale sale și apoi o binecuvântă. Am să mă rog pentru familia Rhedey, fii fără teamă! Du-te cu inima curată, fiica mea, și uită-ți negurile din suflet. Totul va fi bine, vei vedea.

... şi plecaseră la Viena, fiecare cu sentimentele lui şi cu aşteptările lui, un drum obositor de multe zile la capătul căruia erau aşteptaţi la nişte prieteni binevoitori, tot unguri ca şi ei, având aceeaşi vorbă, aceleaşi sentimente, aceeaşi patrie: Transilvania.

CAPITOLUL 3

În anii care trecuseră peste Alexander, duce de Wurttenberg, acesta adunase multe şi glorioase victorii pe câmpul de bătălie, era un militar înnăscut şi arătase că poate deveni cel mai bun. Era mândru de realizările sale şi rămăsese la fel de bun prieten cu Eugen von Wettenstein, un conte cu nevastă acum şi copii pe deasupra. Primiseră amândoi permisii pentru balurile vieneze astfel că Alexander şi familia contelui locuiau în casa acestuia din urmă, dotă a soţiei sale.

Ducele ocupa o cameră simplă, cu adevărat spartană în casa prietenilor săi şi era o adevărată plăcere să se joace cu băieţii lui Eugen. Dorothea, soţia contelui, era întotdeauna distrată de gălăgia pe care o făcea „unchiul" Alexander când era împreună cu cei mici, prietenia dintre soţul ei şi duce nu-i displăcea deloc, era chiar mândră să poată avea mereu în preajmă un duce care striga că nu se va căsători niciodată deşi avea doar 23 de ani. Se mai putea crede într- o schimbare pentru el.

Ducele era frumos şi bine croit, dar nicidecum asemenea tatălui său sau a unchiului său, era subţire aşa cum îl prezentau hainele şi aşa cum dorise mama lui care venise şi ea între timp la Viena şi locuia alături, la rudele ei de sânge. Ochii lui Alexander te priveau liniştiţi, albaştri ca şi cerul, de sub nişte sprâncene fine. Era atâta fineţe în mişcări încât nu ai fi spus de la prima vedere că ar fi vorba despre un strălucit militar de carieră. Şi totuşi era, iar toţi cei pe care-i comanda nici că şi-ar fi dorit vreodată un comandant mai bun. Călărea atât de elegant şi de multe ori îşi ţinea calul cu o singură mână uimind prin eleganţă. Luase în schimb de la tatăl său înălţimea, era aşadar un tânăr înalt, nu chiar cât unchiul său care depăşise în viaţă doi metri în înălţime, dar exact atât cât trebuie plus un mic adaos. Femeile suspinau întotdeauna în spatele lui atunci când trecea însoţit de Eugen, acesta râdea pe înfundate şi făcea multe glume pe seama ducelui.

- Ai să omori aceste doamne dacă nu te hotărăşti, îi spunea el mereu. Vom participa la multe înmormântări şi ştii bine că mie nu-mi plac şi va trebui să mă târăşti cu de-a sila la asemenea evenimente.

Alexander dădea din umeri uşor uimit cum că nu ar fi vina lui şi că nu e singurul de pe teritoriul german care le-ar putea consola pe aceste femei. Nu-l interesau nici doamnele de la Stuttgart şi nici cele de la Viena. Vărul său, Wilhelm I, avea încă răbdare, dar avea în plan totuşi o căsătorie pentru nărăvaşul său Alexander. Acest plan secret fu dezvăluit totuşi soţiei sale, sora ducelui în cauză. Un duce nu poate rămâne celibatar, era imposibil, de aceea îi şi acordase permisia pentru serbările de sfârşit de an. Alexander urma aşadar să fie foarte ocupat, trebuia să fie când la Stuttgart, când la Viena. Nu putem nega de asemenea că tânărul duce nu ar fi ştiut de uneltirile făcute cu privire la el, însă le ignora văzându-şi de milităria sa. El era cu adevărat făcut pentru arme, era un vizionar, un mare îndrăgostit de tot ce înseamnă armată şi arme. Nu prea înţelegea de ce tinerii din subordinea lui fugeau de îndată în saloanele doamnelor după ce se vedeau cu permisia în mână. Era un mister pentru el şi pe care divinitatea i-l ascundea deocamdată.

Un bal de Crăciun la Viena era ceva strălucitor, ceva ieşit din comun, totul strălucea precum stelele într-o noapte senină de vară. Lumânările ardeau peste tot, focurile de asemenea erau încinse în şemineе, iar florile umpleau vazele lăsând la sfârşitul sezonului serele goale.

Familia contelui Rhedey ajunsese la Viena după multe escale făcute pe drum în preajma zilei de 20 decembrie 1827. Oboseala îşi spusese cuvântul, dar erau aşteptaţi în casa familiei de Bethlen, nobili unguri din Mureş ca şi ei şi care locuiau la Şarpatoc, la vreo 5 leghe de Sângeorgiu de Pădure. Ce era foarte important era că şi ei aveau o fată, un unic copil, născută la un an în urma Klaudiei. Eszter Bethlen se împrietenise iute cu micuţa contesă, se întâlneau des ori pe la Cluj ori pe la reşedinţele părinţilor lor de la ţară. Amândouă era zburdalnice şi râdeau din orice motiv înveselind atmosfera acolo unde se aflau. Parcă totuşi Klaudia era puţin mai reţinută când era singură, cel puţin aşa vedeau servitorii, pe când Eszter era tot timpul la fel, indiferent pe cine aveau în companie părinţii săi. Era ceva mai înaltă şi mai robustă decât Klaudia, dar frumoasă oricum prin naturaleţea ei.

- Am crezut că s-a mutat Viena ceva mai încolo, spuse râzând Rhedey îmbrăţişându-l pe Bethlen. Doamnele mele aşa au crezut şi erau gata să creadă acest lucru până la capăt dacă nu am fi intrat într-un final în oraş.

- Sunteţi atât de obosiţi cu toţii, spuse soţia lui Karoly Bethlen, Krisztina. Camerele sunt pregătite şi încălzite şi vă aşteaptă şi cina. Uite, fetele urcă deja. Eszter a aşteptat-o cu atâta nerăbdare pe Klaudia, cu siguranţă au multe să-şi povestească despre rochii, coafuri şi alte găteli noi pe care şi le-au pregătit fiecare.

- Aşa este, Klaudia şi-a pregătit şi ea o mulţime de lucruri noi, îi răspunse zâmbind Agnes, însă nu trebuie lăsate atât de mult împreună căci trebuie să se odihnească şi să-si împrospăteze tinereţea.

- Of, că bine zici, îi răspunse Krisztina, am ajuns să-mi retrăiesc tinereţea prin fiica mea. Voi avea grijă eu să doarmă amândouă, vor avea timp destul în următoarele zile să-şi arate toaletele de bal. Primul lor bal. Am atâtea emoţii!

În acea noapte ninsese la Viena, un strat de praf alb se aşternu pe jos, iar liniştea cuprinsese tot oraşul în aşteptarea marelui bal de Crăciun, cel mai important dintre balurile din acea perioadă la care Klaudia şi Eszter îşi făceau intrarea în inima oraşului, capitală a Imperiului.

Fetele avuseseră timp să-şi arate una alteia hainele, bijuteriile şi pantofiorii din satin, erau tare încântate de ce vedeau.

- Mama spune că ne vom căsători, întotdeauna se întâmplă aşa după aceste baluri, rosti râzând Eszter, însă eu cred că nu o voi face atât de curând. Şi nici tu. Cred că suntem mult prea tinere, iar părinţilor le va fi greu fără noi neavând alţi fraţi sau surori.

- Tata, îi răspunse Klaudia, mă va căsători după un nobil de la noi, să-mi fie aproape, nicidecum cu un bărbat de aici. Ar însemna să-l părăsesc de tot. Ce drum lung este de la noi de acasă până aici! Călătoreşti atâtea zile, vezi atâtea ţări, oameni diferiţi dar toţi strânşi sub aripa împăratului Franz al II-lea. Să nu mai punem la socoteală faptul că ai atâtea hârtii de arătat peste tot.

- Da, dar Viena rămâne Viena, nu se compară cu ce vezi tu pe la noi, străzile sunt altfel, e foarte curat. La urma urmei aici locuieşte împăratul, nu? răspunse repezit Eszter.

- Dar nu cunoşti pe nimeni ca acasă, oamenii sunt reci, te primesc în saloane din curiozitate, obligaţie sau interes şi niciodată din alte motive, spuse Klaudia. Cât îl priveşte pe împărat mi-e totuna, nu stă cu mine la masă, se lasă privit doar de la distanţă. Şi, apoi, cine suntem noi? Nişte nobili din capătul Imperiului, din Transilvania. Eu aş prefera să mă căsătoresc cu un ungur şi nu cu un german.

- Vom vedea noi, la cât eşti de frumoasă..., sfârşi râzând Eszter. Sunt cinci baluri şi voi urmări să văd câte inimi vei frânge.

- Eszter, mă tachinezi! Ştii că nu caut vreun mariaj.

- Nu, draga mea, cred însă că te va căuta el pe tine.

- Uf, îi răspunse Klaudia aruncând o pernuţă de decor în vorbăreaţa Eszter care nici nu se sinchisi, începând să râdă cu poftă.

Erau cu adevărat frumoase amândouă, fiecare având personalitatea ei aparte, dar la fel de încântătoare. Mamele lor erau curioase în aceeaşi măsură de primul bal căci totul trebuia să iasă bine. Totul era pus la punct, germana se vorbea la fel ca şi maghiara, iar cele două zile până la primul mare eveniment aveau să treacă foarte repede. Tații nu aveau prea mari griji, știau că se vor întoarce acasă cu fetele și cu soțiile lor, niciunul nu dorea să-și lase fata printre străini. Aici cei doi se înțelegeau de minune. Aveau să se bucure de invitațiile scrise pe care le aveau în buzunare și cam atât. Vinul, tot cel de acasă era mai bun.

Și uite așa primul bal bătu la ușa celor două tinere fete. În seara cu pricina cele două trăsuri cu blazon străluceau în lumina felinarelor. Era o minunăție, pe jos totul era alb, trăsurile sclipeau, totul era curat și impecabil asemenea unei picături din pârâul de acasă care cobora și cobora în drumul lui așa cum și fetele își urmau calea spre palat. Erau amândouă foarte emoționate atunci când ușierul strigase numele familiilor lor și le deschisese larg ușile unde apoi alți slujitori le luară pelerinele.

Cei șase trecură mândri pentru a-l saluta pe împărat, apoi încercară să-și găsească cunoscuți. Lume era multă și continua încă să mai vină pe ușile acelea uriașe. Întâlniră acolo două familii: cea a lui Simon Kemeny din Mănăstireni, undeva aproape de Cluj și cea a contelui Imre Wass de Czege. Erau așadar destui unguri la un loc pentru a se face veselie. Tinerele noastre dansară atunci când veni vremea, așadar nu apucară să se plictisească și intrară direct în plăcerile unui bal vienez. Pe lângă acest lucru nu vorbiră în germană, iar asta le dădu încredere tuturor. Când reveniră la familiile lor, cu toții erau îmbujorați și însetați nevoie mare. Râsetele Eszterei se auzeau în cercul lor destul de tare, dar nu deranjau pe nimeni.

Klaudia se așeză pe canapea cu un pahar de limonadă în mână privind locul de dans alături de mama ei. Se liniștise după efort, iar acum dorea să fie doar atentă la detaliile acestei săli imense de bal. Observă că dimensiunile acestei săli erau cu mult mai mari decât ale celei din Cluj fără a mai pune la socoteală că era mult mai frumos și mai bogat împodobită. Admiră seriozitatea orchestrei și rochiile doamnelor, sesiză diferite uniforme militare, probabil ale tuturor armelor sau ale națiunilor din Imperiu. Împăratul nu o interesă deloc mai ales că începuse să i se facă foame.

- Îmi este foame, mamă, spuse ea încet către Agnes, dansurile astea sunt ca alergatul prin pădure.

- Să le luăm și pe celelalte doamne și să intrăm în acel salon, acolo par a fi ceva gustări înăuntru, îi răspunse contesa.

Nimănui însă nu îi era foame, doar ei, probabil nu doreau să piardă niciun moment al acelui bal. Klaudia se ridică și plecă spre acel salon unde platouri frumos așezate o ispitiră numaidecât.

- Ce liniște! În sfârșit e aer, mult aer, spuse Klaudia în timp ce începuse deja să mănânce. Vom sta mai mult pe aici, îmi place. Afară e prea mult zgomot.

- Nu-ţi place balul? o întrebă contesa Rhedey.

- Ba da, îmi place, însă e năucitor, e atâta lume şi parcă prea mult miros de lumânări şi de flori ofilite. Ce bine că tu nu mi-ai pus flori în păr sau în talie, ar fi fost strivite cu siguranţă acum. Eşti atât de prevăzătoare, mamă! zise Klaudia luându-şi mama în braţe tocmai când în uşă se ivi un ofiţer care tresări când le văzu. Îşi ceru scuze în germană şi se retrase repede.

- Cred că am stat prea mult pe aici, draga mea, poate le-o fi foame şi altora. Să ieşim, spuse Agnes sărutându-şi fiica.

- Nu cred că e singurul salon unde se pot lua gustări, spuse râzând Klaudia.

- Nu, cu siguranţă nu, dar în partea aceasta e doar acest salon. Pe celelalte laturi mai sunt cu siguranţă. Am mai fost aici când am fost tânără fată cu sora mea, mătuşa ta Maria şi cu părinţii noştri.

- Da, am nişte verişori mici şi încântători, de-abia aştept să-i revăd la Cluj sau poate la Vinţu de Jos, cine ştie?

Klaudia vorbise în timp ce se ridica pe vârfuri, poate îl putea zări pe ofiţerul acela care vorbea germana atât de bine. Cu siguranţă era de-al casei, dar nu-l mai zări, intrase cum bine îi spusese mama ei în altă parte unde se serveau bunătăţi. Reveniseră la locurile lor unde îl mai găsiră doar pe contele Rhedey.

- Restul dansează, uitaţi-vă la ei, le explică imediat contele trăgându-se de mustăţile cărunte.

- Ar trebui s-o inviţi pe mama la dans, spuse Klaudia. Eu nu o să mă mai mişc de aici.

- Chiar aşa, vino Agnes, spuse contele luându-i mâna soţiei sale.

Fata rămăsese încântată pe canapea, era un lucru atât de plăcut să-şi privească părinţii dansând, poate şi pentru că se întâmpla atât de rar. Începuse să-şi facă aer cu evantaiul când apărură şi prietenii lor.

- Cel mai mult mi-au plăcut artificiile, îi spusese Klaudia mamei sale înainte de culcare. Aerul devenise înăuntru înnăbuşitor dar afară, îmbrăcat bine, puteai să tot priveşti.

- Eu am dansat atât de mult, spuse Eszter, mi-am stricat pantofii. Bine că am mai multe perechi de rezervă. Eu nu cred că am gustat ceva, m-am hrănit cu ochii doar.

- Gata, spuseră în cor cele două mame, la culcare. Sunteţi foarte obosite. Îşi sărutară fetele apoi porniră şi ele către paturile lor. Urma alt bal peste câteva zile.

- Viena întotdeauna mă oboseşte, însă nu pot trăi fără ea, măcar din când în când, spuse Krisztina către Agnes care încuviinţă dând uşor din cap.

Cele două femei se duseră în camerele lor mulțumite. Totul dormea în jur, Viena dormea pentru a face față unui nou bal, cel de sfârșit de an 1827.

CAPITOLUL 4

Klaudia fu uimită de cărţile de vizită pe care tatăl său le număra când intră în salon.

- Şi eu care credeam că nu va observa nimeni, zise el râzând, oricum nu vom merge însă ne vom trimite şi noi cărţile de vizită. Un bal şi drumul către casă. Împăratul promite supuşilor săi o sărbătoare de pomină altfel 1828 nu vine şi pace. Am auzit că vor fi mulţi din membrii înaltei nobilimi la acest bal de an nou. Tu ce spui?

- Mie mi-a plăcut, nu am mai văzut atâta lume adunată în aşa culori pestriţe, atâtea coafuri, atâtea pene prinse cu bijuterii în păr, atâtea dantelării şi atâtea uniforme militare. Locul de dans mi s-a părut în schimb uriaş, iar toată lumea a dansat foarte corect, chiar nimeni nu s-a încurcat câtuşi de puţin. Totuşi, continuă Klaudia, vreau şi eu acasă, Clujul nici nu se compară cu zgomotul pe care îl găseşti aici.

- E normal, aici stă împăratul, gărzile, tot felul de trupe, ostaşi, toţi zumzăie în jurul lui şi a copiilor săi. Fiecare are o armată de servitori pentru te miri ce scopuri. Dar vom pleca curând, termină contele de vorbit.

În timpul acestei discuţii, pe una din străzile din centrul Vienei, ducele de Wurttenberg şi prietenul său, contele Eugen de Wetterstein, se plimbau călare spre a-şi trece timpul din cadrul permisiei pe care o aveau. Soţia lui Eugen preferase să se odihnească, căci fuseseră şi ei la bal. Alexander nu fusese, dar promisese că la cel de an nou va veni alături de mama sa şi de rudele sale disponibile.

- Ştii, duce, aseară am văzut pe cineva necunoscut nouă şi societăţii în care ne ducem noi veacul şi am făcut un pariu cu draga mea nevastă. A fost ideea Dorotheei dar mi s-a părut interesantă.

- Ce fel de pariu? Pe seama mea, evident... îi răspunse Alexander.

- Exact. Aseară am întâlnit un înger, o minune de domnişoară. Nu ştiu cine este, este prima dată când o vedem, pare foarte tânără. Oricât a întrebat Dorotheea în stânga şi în dreapta, nu a putut afla nimic despre ea, spuse Eugen.

- Şi m-aţi căsătorit cu ea? pufni ducele.

- Nu, dar am făcut un pariu: dacă o vei întâlni sigur îţi va place. Eu am spus nu, buna mea contesă a spus da. Am întâlnit-o într-o situaţie atât de amuzantă, Alexander, nici nu-ţi poţi închipui... Toată lumea încearcă să-şi etaleze tot ce are faţă de toţi ceilalţi la asemenea întâlniri, ştii bine, pe când această frumoasă stătea cu mama ei într-un salon cu gustări şi mânca liniştită. Am tresărit când am dat de ele, căci nu se auzea nimic din încăpere când mă dusesem să iau ceva însă am ieşit aşa cum am intrat şi am plecat către alt salon. Am văzut-o apoi la dans şi era tare graţioasă şi uite aşa am ajuns să punem noi pariu. Chiar nu ştiu cine este, dar a venit pentru sezonul de baluri. Nu e de aici, cu siguranţă, şi va pleca de asemenea imediat după anul nou, aşa cum fac majoritatea celor ce vin aici ca ea. Este o nobilă bogată, se vede acest lucru, dar mai multe nu am să-ţi spun. Imperiul acesta este atât de mare, iar invitaţii vin de peste tot.

- O necunoscută? râse cu zgomot Alexander acum voios, dar este foarte interesant! Am să-i spun mamei mele despre acest pariu. Din cinci baluri am ratat unul şi tocmai acolo se punea la cale destinul unui duce... Ştii că e cam complicat? mormăi acesta încet. Dacă nimeni nu o cunoaşte înseamnă că nu are vreo importanţă, apoi ştii că am un anumit statut...

- Bine, dar e doar un pariu privind impresia pe care ţi-o va face: îţi va fi pe plac sau nu, te poţi căsători cu cine vrei de rangul tău. Oricum, Dorotheea îţi va explica mai multe atunci când te vei întoarce de la mama ta, bineînţeles dacă te vor lăsa băieţii să stai liniştit.

Cei doi se opriseră în faţa unui palat în care familia Nassau-Weilburg îşi avea reşedinţa temporară. Eugen îşi salută prietenul şi i-l lăsă pentru câteva ore mamei care îl aştepta. Aceasta râse din toată inima atunci când auzi de pariu.

- Stai liniştit, Alexander, eşti cu mine. Nu cred că această frumoasă necunoscută îţi va lăsa vreo urmă în inimă. Eşti partenerul meu!

- Ştiu, mamă. Aştept să se termine totul pe aici ca să te pot duce acasă în castelul nostru minunat. E plăcută singurătatea, apoi mai am ceva timp din permisie pe care îl voi petrece stând cu tine. Contele Wetterstein cu familia se va întoarce de asemenea, anul ăsta parcă toată lumea fuge.

- Nu fuge nimeni doar că aceste baluri îi obosesc pe invitaţi, sunt atâtea nopţi de dans, beţie şi miros de lumânări. Noi am ratat unul datorită indispoziţiei mele, dar acum sunt bine, slavă Domnului.

Cei doi petrecură împreună în acea seară câteva ceasuri în care prânziră şi îşi băură ceaiul. Henriette nu se mai căsătorise, refuzase orice ofertă. Adora castelul de la Kirschheim. Nu dorea nimic în plus, poate uneori îşi dorea să dea timpul înapoi când erau 7 la masă. Se simţeau bine împreună, Alexander ştiind întotdeauna când să se retragă, căci mama lui trebuia să se odihnească în fiecare zi. Salută rudele din partea mamei sale apoi îşi luă calul şi se îndreptă spre locuinţa lui Eugen. Acolo Dorotheea îl aştepta singură, copiii dormeau, iar soţul ei era plecat pentru puţin timp.

- Alexander, sper că nu te-am ofensat cu pariul nostru! Nu te afectează cu nimic, este doar o glumă nevinovată de-a noastră. Ce pot să-ţi spun este că, sincer, rar am mai văzut atâta frumuseţe şi discreţie. Are ochii albaştri, părul mi s-a părut a fi de culoarea aceea caldă a alunei, iar mişcările ei erau atât de elegante alături de o talie de copil. Nu-ţi mai vorbesc despre pantofii care erau nişte splendide miniaturi de satin. Lângă ea mai era o tânără frumoasă, dar nu acelaşi tip de frumuseţe. Aceasta din urmă era atât de veselă comparativ cu zâmbetele discrete ale acestei domnişoare. Purtau amândoua diademe, însă nu am putut observa câte perle aveau bijuteriile lor ca să-mi pot da seama dacă erau contese sau aveau un alt rang. Stăteau mereu într-un colţ alături de alte persoane, cu siguranţa de aceeaşi naţionalitate. Sunt străini, nu aparţin neamului german.

- Dorotheea, dar cât ai vorbit! Închipuieţi că şi mama e curioasă de această necunoscută care, după spusele lui Eugen, mânca liniştită fără a se sinchisi de talie.

- O fi vreo norocoasă care nu pune nimic pe talie oricât ar mânca, o invidiez de pe acum. Chiar dacă talia îi era subţire faţa îi era rotundă cu nişte obrăjori bucălaţi, un ten alb şi minunat precum şi nişte sprâncene frumos conturate. Nici urmă de îmbunătăţiri!

- Contesă, iarăşi mi-o descrii? Am să mă las în cele din urmă ispitit şi uite aşa se va aprinde în mine curiozitatea.

- Nu s-a aprins încă, duce?

- Sincer să fiu, cred că sunt curios, oricum trebuie să aibă un sfârşit această poveste şi acest pariu. Tu ai spus că am s-o plac, nu-i aşa?

- Intuiţia mea de duce aşa spune, de fapt spune că vei trece de bariera plăcutului, iar dacă îmi permiţi s-o spun ai s-o iubeşti. Calul dumitale va fi pe locul trei, sau patru, iar servitorii dumitale fericiţi.

- În rest, altceva? întrebă amuzat Alexander.

- Baronul de Midderhoff s-a făcut iarăşi de râs, a trebuit să fie dus acasă pe sus. Îmi pare rău pentru Amelie, îşi pierde tinereţea cu un asemenea om. E atât de tristă! Când vom ajunge acasă o voi vizita cu copiii, se vor juca de minune cu ai săi.

- Înţeleg, dar nu pot face nimic altceva decât să-mi pară rău. Eugen întârzie?

- Nu, sunt aici, se auzi o voce, iar mai apoi o uşă închisă. Mă gândeam, duce, că ai ajuns şi că draga mea soţie te-a luat în primire. Sincer, spuse contele aşezându-se pe o banchetă lângă fereastra închisă, bine că se termină. Aştept să mergem acasă, parcă am ruginit stând aici, chiar dacă s-ar zice că dansezi şi te mişti cât de cât.

- Toată lumea vrea asta, prietene, îi răspunse ducele, mama e prima care tânjeşte după castelul nostru, ţinutul nostru cu atâţia munţi e răcoros, dar inima îi este caldă. Aici la curte totul este altfel.

- Am observat că anul acesta doamnele au preferat rochiile albe, adăugă contesa, ajunge aproape să te doară ochii privindu-le pe toate. Noroc totuşi cu uniformele militare, continuă ea, care mai de care mai albastră sau mai roşie, ale voastre cel puţin mi se par cele mai reuşite. Oricum, nu pot spune că aş fi vreo expertă, trebuie să recunosc asta din capul locului.

- Eu va trebui să vin cu mama, zâmbi ducele, te poţi uita la ea cât doreşti, este ba în gri ba în negru. Cred că vom sosi printre ultimii, dar voi avea timp bineînţeles să mă ocup şi de pariul vostru, zise Alexander ridicându-se. S-a făcut târziu, mă voi duce să văd cum arată uniforma mea de paradă.

- Calul arată bine, să ştii... îl tachină contele, dar bineînţeles şi hainele trebuie verificate.

- Voi ţine cont de tot ce-mi spui Eugen, spuse ducele în timp ce ieşea râzând.

- Oare i-am stârnit interesul? întrebă în şoaptă Dorotheea.

- Cine poate şti? Mi-ar plăcea să cred că da şi că acea domnişoară e demnă de rangul lui.

- Iar dacă nu e demnă atunci iubirea să triumfe, adăugă contesa râzând.

Contele nu făcu decât micul gest de a ridica din umeri, deschisese ziarul, iar Dorotheea îşi continuă munca la lucrul ei de mână. Ducele nu se mai arătă în acea seară, se întinsese în pat şi adormise. Obosise de atâta zarvă în jurul său. Aştepta să se întoarcă la Stuttgart, iar mai apoi, peste câteva zile, acasă în castelul părintelui său. Astfel, acea noapte de iarnă, lungă şi friguroasă, trecu aruncând în uşa iernii ultima zi din an.

Henriette de Wurttenberg se aranjase cât putuse ea de bine pentru acel ultim bal, se îmbrăcase în griul ei obişnuit, dar cu o garnitură de dantelă albă la rochie. Ţinuse seama de sfaturile fiului ei cu privire la monotonia ţinutelor sale astfel că pusese puţin alb acolo unde se putea. O diademă îi încheie toată ţinuta care era demnă de o prinţesă Nassau-Weilburg, ceea ce era de fapt. Pregătită fiind, începu să aştepte. O uşă deschisă îi vesti sosirea ducelui care apăru bine dispus şi parcă mai îngrijit de felul cum arăta, bucurându-şi astfel mama.

- Dragul meu, în seara aceasta eşti minunat, voi fi tare mândră când voi simţi atâţia ochi aţintiţi asupra ta, ochi de mame. Sunt atâtea partide minunate la asemenea întruniri încât nici nu ai şti ce să alegi.

- Tocmai de aceea, lasă destinul în pace, nu-l supăra. Va şti să fie la înălţime. Îl port pe umeri de când m-am născut şi chiar nu a fost foarte greu. Văd însă că eşti pregătită, putem merge?
- Da, sigur, pe tine te aşteptam. Trăsura ne aşteaptă. Tu ai venit singur?
- Nu, mamă, am venit cu trăsura prietenilor mei. Aşteaptă în faţa porţii. Nu vreau să-i fac să aştepte.
- Nu, fiule, să mergem!

Pregătiri identice pentru acest ultim bal se făceau şi în casa familiei Bethlen, cea mai îngrijorată fiind Eszter care-şi alesese o rochie albă, dar la care nu ştia sau nu se hotărâse încă ce bijuterii să poarte. Toată casa era cuprinsă de forfotă din pricina ei. Bărbaţii, cărora nu le plăceau aceste situaţii, se închiseseră într-un mic salon unde vorbeau liniştiţi de-ale lor. Se făcu linişte într-un târziu, după care ieşiră şi ei uşuraţi din încăperea unde stătuseră ascunşi.

Klaudia, mult mai liniştită ca fire, nu făcu decât să deschidă dulapul şi să se întrebe ce rochie nu purtase până atunci. Alese astfel o rochie de culoarea cerului şi nu-şi mai făcu niciun gând. La gât îşi pusese un colier de perle, iar pe cap o coroniţă simplă cu nişte diamante albastre. Talia şi-o cuprinsese cu curea neagră, iar cu pantofiorii bleu termină totul. Umerii îi avea goi, deci se impuneau nişte mănuşi lungi, ceva mai sus de coate. Cât despre coafură, aceasta era aceeaşi dintotdeauna, avea părul prins cu cărare pe mijloc şi uşor cârlionţat pe ambele părţi ale capului. Dorea să plece acasă, ştia că peste câteva zile trăsura lor avea să pornească înapoi către Cluj.

Cele două fete îşi puseseră pelerinele groase peste rochii, apoi porniră toţi către palat acompaniaţi de râsetele pline de veselie ale Eszterei. Urmară aceleaşi anunţuri făcute de uşieri, dar pe care nu le auzea nimeni după care cele două familii puteau intra. Se aşezară pe câteva banchete confortabile rezervate mai ales doamnelor şi care erau aşezate de-a lungul pereţilor pentru a lăsa cât mai mult spaţiu pe mijloc. De această dată Klaudia fu sesizată şi recunoscută, poate şi datorită rochiei care nu era nici albă şi nici roz sau poate şi datorită curelei negre cu cataramă mare care era atunci un lucru ciudat pentru garderoba unei tinere.

- Este chiar minunată, spuneau unii. Şi a fost tot timpul aici? se întrebau alţii. Ei bine, trebuie să aflăm cine este, parcă după nume ar fi unguri din Principatul Transilvaniei.

Klaudia trecea la braţul Eszterei care era la fel de frumoasă, amândouă fiind asemenea unor trandafiri înfloriţi în luna mai. Cele două familii îşi găsiră aşadar locul pe nişte canapele de-a lungul pereţilor sălii de bal şi începură să privească şi ei împrejur.

Curând avea să vină împăratul şi să ţină un discurs de început de an nou care avea să înceapă cu a doua zi. „Anul 1828, fie el mai bun şi mai încărcat de iubire, fie el lipsit de războaie, plin de înţelegere şi pace.", avea să spună împăratul. Fusese ovaţionat îndelung, ca mai apoi orchestra să intoneze imnul Imperiului de mai multe ori lăsând apoi loc dansului şi distracţiei.

Alexander, alături de mama sa precum şi de alţi membri ai familiei, bătea din palme încercând să zâmbească şi să creeze atmosferă. Ducele nu sesizase pe nimeni, căci fusese ocupat cu saluturile către familia lui lărgită. Când se mai linişti plecă spre conţii la care stătea şi le era prieten.

- Ai văzut-o, duce? întrebă Dorotheea zâmbind.

- Pe cine? întrebă el. Ah... nu. Nu am avut ocazia, apoi văd că aproape toată lumea e în alb.

- Ea nu este în alb, este în albastru cu o centură neagră la mijloc. Am aflat: este din Transilvania şi e contesă, este Klaudia Rhedey de Kis-Rhede. Am reţinut totul după cum vezi. Stă uite acolo jos alături de o altă tânără împreună cu părinţii lor. O vezi?

- Da, o văd. E frumoasă cu adevărat şi chiar e originală. I se potriveşte culoarea rochiei, mă pot uita în voie la ea.

- Şi... atât, duce? întrebă contele râzând.

- Şi atât, de la distanţa asta nu mă pot pronunţa, zise Alexander precaut, dar o voi invita mai târziu la dans. Păcat că nu ştiu limba ei, dar poate ştie ea germana.

- Sigur o ştie, succes! Eu chiar voi porni la dans acum cu soţia mea. Te părăsim! Ne vedem mai târziu şi sper să ne-o prezinţi şi nouă.

Rămas singur, Alexander se îndreptă spre mama lui.

- Am văzut semnele prietenilor tăi, e într-adevăr foarte frumoasă, dar sub rangul tău. Nimeni nu va accepta un asemenea mariaj chiar dacă este frumoasa balului, cam aşa îşi întâmpină Henriette fiul.

Acesta zâmbi şi nu spuse nimic, doar privea la cele două fete ce zâmbeau unduindu-şi evantaiele. O văzu apoi pe cea care se numea Klaudia luată la dans de cineva. Trecu chiar pe lângă el, iar Cupidon nu ezită nicio clipă şi trase fericit în inima lui. O auzi vorbind în limba lui şi se bucură, uită ce-i spusese mama lui cu privire la ea şi privi tot timpul dansului către cei doi ca vrăjit. Inima îi bătea să-i spargă pieptul aşa cum nu-i mai bătuse niciodată, nici măcar atunci când se întorsese victorios din botezul războiului. Când orchestra se opri, iar Klaudia fu readusă lângă ai săi Alexander continuă să o privească pe această frumoasă contesă. Se hotărî repede să meargă spre familia Rhedey. Nici el nu ştia cine îl împingea spre Klaudia. Cupidon, fără îndoială. Prietenii îl văzură închinându-se în faţa fetei şi apoi luând-o la dans. Parcă şi în inima fetei se

33

întâmpla ceva, obrajii începuseră să-i ardă, iar ochii săi priveau ţintă în cei ai lui Alexander. Nu greşea nici unul din ei paşii, dar păreau duşi spre altă lume ce era diferită de cea a balului în care erau toţi cei de faţă.

Ducele nu vorbi deloc, însă nu-i dădu drumul Klaudiei decât după încă două dansuri. Îşi ceru apoi scuze cu oarecare timiditate şi se gândi să o întrebe dacă e obosită.

- Nu, nu sunt deloc obosită, zâmbi fata intimidată.

- Sunt Alexander, duce de Wurttenberg, sora mea este regina regatului nostru. Nici măcar nu m-am prezentat cum se cuvine până acum. Mi s-a spus că vii de departe şi că eşti contesă.

- Da, chiar aşa este, spuse Klaudia în germana ei perfectă, iar peste câteva zile mă întorc înapoi în munţii mei cu familia.

- Şi eu la fel, adică şi eu, zise ducele fâstâcindu-se, am munţii mei în care locuiesc, de fapt într-un castel minunat. Eu mă voi întoarce cu mama mea. Ţi-a plăcut Viena?

- E prima dată când fac acest drum, pentru mine este prea mult zgomot, dar nu pot spune că nu mi-a plăcut. E frumos, e altfel prin diferenţe şi poate prin valoare. La urma urmei e casa împăratului.

- Îmi permiţi să-ţi urmez trăsura spre casă? Măcar de la distanţă. Nu cred că ne vom mai vedea altfel.

- Da, spuse Klaudia, adică nu ştiu... de fapt nu faci nimic rău... cred că poţi. Oricum, nu vom mai sta foarte mult la bal, eu am obosit, iar familia mea e la fel de obosită.

- Stai, nu pleca încă. Nu am mai întâlnit niciodată pe cineva ca tine, spuse Alexander puţin stânjenit.

- Nici eu... nici eu nu am mai întâlnit un domn atât de... distins, spuse Klaudia căutându-şi cuvintele, însă aparţinem unor lumi atât de diferite, sângele nostru ne diferenţiază atât de categoric.

- Eu nu m-am gândit la sângele meu albastru, m-am gândit doar... doar la vreo posibilitate ca între noi să poată exista ceva pe viitor, zise ducele încet. Cred că m-am îndrăgostit pentru prima dată.

- Te cred pentru că o spui atât de sincer ştiind că nimic nu ne poate apropia. Dar... ce folos?

- Mai dansăm odată? întrebă ducele. Putem vorbi fără a atrage privirile.

- Cred că le-am atras deja, duce, tata se trage de mustăţi deja, dar fie, zise fata.

Şi dansul începu, iar mâinile li se împreunau transpirate pentru a se despărţi în ritmul dansului. Klaudia îi zâmbea, Alexander îi zâmbea înapoi, iar ochii vorbeau pentru ei cât şi pentru toată lumea.

- Ţi-aş putea reţine în minte adresa, spuse el.

- Şi eu la fel, îi răspunse zâmbitoare Klaudia.

- Te las familiei tale, îi spuse ducele într-un final, dar te voi privi de la distanţă, voi merge după tine aşa cum am spus.

- Pe trei ianuarie vom pleca oricum, ce folos are să vezi casa unde stăm acum, întrebă naivă Klaudia.

- Are pentru că eu văd Viena mai des decât tine. Promite-mi că nu ai să-mi uiţi adresa, spuse ducele schimbând subiectul discuţiei lor... şi ai să-mi scrii.

- Tu primul, îi răspunse ea imediat.

- Eu primul, zise Alexander.

Cei doi se despărţiră în cele din urmă înclinându-se unul în faţa celuilalt, ducele plecând către mama sa care înţelesese totul şi nu puse nicio întrebare, era de prisos.

Klaudia se gândi în trăsură că fusese un vis, îşi notase chiar pe un bilet acea adresă pe care oricum o ştia deja foarte bine. Nu se uita pe fereastra trăsurii, iar tatăl său îi pusese o mulţime de întrebări ce o obosiseră. Nici nu credea că ducele putea fi în spatele trăsurii lor dar când îl văzu de departe îi scăpă un mic ţipăt. Contele îl zări şi el pe duce.

- Nu se cade să se apropie prea mult, eşti sub rangul lui.

Klaudia nu luă în seamă această săgeată otrăvită, el venise pentru ea şi era fericită într-un fel în care ea nu mai fusese niciodată. Avea impresia că pentru acest om putea fi orice şi că putea să-l urmeze oriunde fără să ţină cont de familia ei. Agnes o înţelegea, aşa păţise şi ea cu soţul ei, dar nu putea spune nimic căci Ladislau hotăra totul şi apoi Viena era atât de departe. Visele Klaudiei nu erau cu final fericit, credea Agnes, dar nu îi va putea spune asta niciodată ci o va sprijini chiar dacă va trebui să-şi mintă soţul.

- Ladislau, îi spuse contesa soţului ei la culcare, îţi aduci aminte cum m-ai peţit? Ce fericiţi eram!

- Agnes, eu sunt şi acum fericit, ce importanţă au anii ce au trecut peste noi? Şi, apoi, noi aparţinem aceleiaşi lumi, de aceea ne înţelegem. Klaudiei îi trebuie un ungur asemenea ei, cu acelaşi rang.

- Vorbeşte raţiunea acum, Ladislau, ştii că în dragoste ea nu există.

- Îl va uita, l-a văzut doar azi, spuse contele neliniştit, dar fără a-şi arăta starea.

- Eu te-am iubit din prima clipă, spuse Agnes, şi te-aş fi iubit chiar dacă părinţii mei mă trimiteau la capătul lumii.

- Klaudia nu se poate căsători cu acest duce de Wurttenberg, concluzionă Rhedey sărutându-şi nevasta şi întorcându-se pe o parte. Agnes dădu din umeri gândindu-se: „cine poate şti?" dar mai apoi nu reuşi să închidă un ochi asemenea fiicei ei care stătea şi o privea pe Eszter cum doarme mulţumită şi liniştită.

În dimineaţa plecării, atunci când trăsura se pregăti să pornească, aceasta nu mai porni. Alexander se închină în faţa contelui şi a doamnei dându-i Klaudiei o scrisoare. Era palid dar totuşi atât de frumos. Această întâlnire o tulbură puţin pe fată dar deja porniseră spre casă, iar ducele nu se mai zări chiar dacă Rhedey deschisese portiera. Se mulţumi apoi s-o închidă înapoi şi să tacă. Klaudia îşi puse scrisoarea în manşon însă lacrimile nu şi le putu opri. Agnes o luă în braţe oferindu-i ocrotirea ei maternă.

- Mamă, ce am? Spune-mi? Mi se sfâşie inima, mamă, simt că mor...

Contele privea ţintă afară fără vreun sens anume, începea să se lumineze de acum. Îşi dădu seama că fata lui nu va mai putea fi la fel niciodată. În naivitatea ei încă mai căuta, încă mai întreba ce se întâmplă cu ea. El însă hotărâse: niciodată Klaudia nu avea să se mărite departe de casă, de el. Aşadar, un nobil ungur trebuia găsit cât mai iute. Dar cum oare? Iar Klaudia avea să fie fericită fără să iubească? Ştia că nu, dar nu putea gândi acum cu mintea liberă. Se hotărî să nu aducă în discuţie acest subiect decât dacă era cu adevărat nevoie. Îl durea sufletul când îşi privea doamnele îmbrăţişate şi înlăcrimate, era conştient însă că în faţa destinului trebuie să faci o plecăciune adâncă şi nicidecum să tragi sabia. Avea să se opună atât cât va trăi, dar oare cât? Şi cu câtă putere? Dar poate era doar un vis acest frumos duce şi acest ultim bal. Vor mai urma şi altele la Viena cât şi la Cluj şi îşi spunea că nu era încă vremea măritişului pentru fata lui dragă. Cu siguranţă că în timp ducele şi scrisoarea lui vor fi uitate. Ştia că se minţea singur. De-ar ajunge acasă mai repede! La Cluj va înota în apele pe care le cunoştea cel mai bine.

Cât despre Alexander, acesta îşi condusese mama acasă la Kircheheim unter Teck visând la acea întâlnire în faptul dimineţii. Ce frumoasă era Klaudia! Semăna cu mama ei care-i zâmbise. Contele nu-i plăcuse, îl simţea ostil, dar bătălia aceasta trebuia câştigată oricât de multe forţe ar sacrifica. Nici măcar Eugen şi Dorotheea nu avură curajul să mai glumească pe seama pariului când văzură starea ducelui. Prima dragoste venise peste Alexander cu toată forţa, izbindu-l.

Familia regală nu ştia nimic încă, la urma urmei ce fusese: un bal şi o contesă, nu era nimic ameninţător. Alexander era liniştit, din partea aceasta nimic nu ieşise la iveală căci doar mama sa îi era confidentă. Aceasta nu-l supăra fiindu-i împotrivă, îl asculta doar liniştită. Ajunşi acasă, parcă şi Alexander se schimbase puţin, locurile unde crescuse îi dăduseră puteri noi să viseze şi să zboare alături de păsări. Ele puteau ajunge la cea care-i furase inima şi i-o luase cu ea departe într-un palat transilvănean, Klaudia, frumuseţea sculptată de natură pentru el. Va lupta, va fi a lui, distanța îi va uni. Este duce, dispune de atâtea mijloace. Era hotărât acum cum nu mai fusese niciodată.

CAPITOLUL 5

La prima întâlnire a lui Alexander cu prietenul său contele, acesta din urmă nici nu glumi şi nici nu aduse vorba de pariul făcut la sfârşitul anului ce tocmai se încheiase. Alexander părea preocupat, chiar dacă pentru majoritatea celor ce-l înconjurau el nu era cu nimic schimbat. Eugen îl lăsă în schimb în pace aşteptându-l pe duce să se destăinuiască din proprie iniţiativă. Părea că suferă sau că aşteaptă ceva şi chiar dacă şi Dorotheea dorea să ştie ce e în inima prietenului soţului ei, aştepta şi ea. După o săptămână limba ducelui se dezlegă în sfârşit.

- Ştii, Eugen, sunt nefericit. Dacă asta înseamnă dragostea, atunci mai degrabă nu o cunoşteam. I-am scris Klaudiei acasă aşa cum eu nu am mai scris niciunei femei şi am primit înapoi o scrisoare în acelaşi fel. Se pare că mă iubeşte şi nu mă poate uita. De-abia aştept următoarele baluri la Viena! Altădată le uram, acum însă timpul trece atât de greu şi nici soldaţii mei nu-mi sunt de ajuns chiar dacă sunt atât de ocupat pe aici cu ei. Mă iubeşte, Eugen, dar avem o mare problemă: tatăl ei. Şi încă una: rangul meu. Nu cred că mă voi putea căsători cu ea dar nici că aş spera vreodată la tronul Wurttenberg-ului. Cumnatul meu are un băiat deja dar în general familia nu-mi va îngădui. Oftă şi, stând pe un scaun lângă o masă, continuă: marea mea problemă este acest conte Rhedey, tatăl ei. Am înţeles că familia ei a mai avut doi copii înainte de a o avea pe Klaudia, care au murit. De aceea el s-a schimbat foarte mult, e mai posesiv şi îşi doreşte o căsătorie acolo în ţinutul lor pentru fiica sa. Nu-şi doreşte să o lase să plece departe de el, vrea să-şi privească nepoţii dar mai ales pe această făptură ruptă din rai, Klaudia. Ea mi-a scris spunându-mi toate acestea pe un ton atât de trist şi în cuvinte înduioşătoare. Uite pe ce aţi pus voi pariu! Dragostea nu este de mine, sufăr, iar mama ştie dar nu-mi spune nimic. Nu mă aprobă însă, o simt.

- Alexander, spuse Eugen, trebuie să existe o cale. Cât timp ai putea-o aştepta? Adică să se elibereze de tatăl ei, dacă mă înţelegi...

- O viaţă, cred, însă ea nu poate aştepta prea mult, cel puţin aşa cred eu. In fine, ar putea şi ea dar nu se poate răzvrăti împotriva tatălui ei la nesfârşit.

- De fapt asta întrebam eu mai devreme, s-ar putea răzvrăti până ce el ar trece pe lumea cealaltă? întrebă contele.

- Eugen, eşti foarte dur, cum aş putea dori moartea cuiva drag celei scumpe sufletului meu?

- Habar nu am, scrie-i şi întreab-o cât o poate lungi. E foarte tânără, iar un tată atât de posesiv nu o poate căsători curând căci o vrea lângă el.

- Am să-i scriu chiar dacă nu am atâta putere. Apoi va trebui să vorbesc cu sora mea şi cu regele. Alte probleme.

- Îţi voi fi alături. Treci mai târziu pe la noi, am să vorbesc cu Dorotheea despre asta, ştii doar că femeile au un simţ aparte pentru astfel de lucruri. Poate ne dă ea vreo soluţie. Eu zic totuşi că va fi bine, îi spuse contele bătându-l pe umeri a încurajare.

- Mulţumesc, prietene, pentru că-mi eşti aproape, puţină lume ştie ce este în sufletul meu.

- Îţi aduci aminte, duce, de Amelie şi cât de tare sufeream şi eu pe vremuri? Mi-ai fost alături, dar a trecut şi mi-am găsit fericirea. Nădăjduiesc că şi tu ţi-o vei găsi curând sau măcar ceva care să-ţi dea nădejde în aşteptarea ta. Încăpăţânat contele ăsta ungur, să refuze o asemenea legătură cu un duce... Cred că e puţin nebun. Alexander îi zâmbi şi se ridică de pe scaun.

- Voi aştepta primăvara, poate îmi va da gânduri bune.

- Scrie-i prietene şi aşteaptă primăvara. Eu mă duc afară căci am ceva de lucru cu noii recruţi.

După ce Eugen ieşi ducele se gândi mult cu privirile pironite în minunatul foc care ardea liniştit în şemineu. Se hotărî să vorbească deschis cu mama sa, ducesa Henriette. Era mai bine să-i spună despre hotărârea lui de nestrămutat astfel că prima ocazie liberă îi fu dedicată mamei lui.

- Voi, prinţii de Wurttenberg, sunteţi atât de hotărâţi şi încăpăţânaţi când vă intră ceva în cap, spuse ducesa. Ştiu de mult ce simţi, fiule. Am avut timp şi linişte să mă gândesc îndelung la povestea aceasta. Tu o iubeşti şi ea te iubeşte, iar tu nu vrei să renunţi la ea deloc, dar după câte îmi spui tu sunt deja câteva probleme: încăpăţânatul conte Rhedey şi ginerele meu, regele. Wilhelm poate fi convins prin străduinţe, are deja un moştenitor băiat, slavă Domnului sora ta i l-a dat acum câţiva ani. Ar putea fi convins destul de greu să accepte o căsătorie morganatică pentru tine în care copiii tăi să nu aibă vreun drept la tron sau la altceva. Dar, repet, nu vei purta coroana niciodată, copiii tăi o vor moşteni doar pe această micuţă contesă Rhedey. Cel mai greu mi se pare a fi cu tatăl ei, el nu va ceda niciodată, ci doar prin moarte, poate. Nu-l interesează rangul tău sau altceva, iar soția lui nu pare a avea vreun cuvânt de spus în privința aceasta. Nu știu deci cu ce te-ar putea ajuta ea în cazul vostru. Ea pare a fi o femeie fină și educată și face parte după toate informațiile pe care le am dintr-o distinsă familie de nobili unguri: baronii de Nagy-Varad, iar numele ei este Agnes Inczedy. Vezi câte știu? spuse râzând ducesa. Am făcut și eu cercetările mele. Știu, de asemenea, că sunt foarte bogați, iar totul va aparține Klaudiei. Domnișoara aceasta a luat lecții de toate felurile cu cei mai buni profesori, este o adevărată floare pentru societatea locală însă Stuttgart-ul sau Viena sunt prea sus pentru ea.

- Mamă, mă uimești! spuse ducele. Acum mă întreb dacă mă vei ajuta indiferent de cât timp mi-ar lua. Henriette de Nassau-Weillburg începu să râdă, iar sunetul zglobiu tulbură liniștea încăperii.

- Fiule, fiule, te voi ajuta din toată inima chiar dacă nu știu exact la ce anume. E ca o glumă proastă să ne coborâm noi la nivelul acestui conte încăpățânat și să mai fim și refuzați, noi niște prinți... Dar poate așa ne vom arăta încă odată calitățile și sângele nostru albastru.

- Mulțumesc, mamă, îi voi scrie Klaudiei, iar mai apoi am să-i învăț limba chiar dacă pare a fi atât de complicată.

- Poți să-i cunoști limba, dragul meu, însă în cazul unei căsătorii tot în germană veți vorbi. Poți să-l pui și pe prietenul tău contele să o învețe.

- Eugen? pufni Alexander. Poate ar face-o dacă am merge acolo să ne ajutăm amândoi. Fără îndoială că va face ochii mari însă nu prea am ce să-i fac, se va pune să studieze.

Ducele plecă de la mama lui mai liniștit și mai încrezător, ducesa îi promisese să vorbească mai întâi cu regina Paulina Tereza, fiica ei, iar apoi aceasta cu soțul său, Wilhelm. Îi povesti totul contelui de Wetterstein care începu să râdă arătându-și dinții perfecți de om sănătos.

- Să învăț maghiara? Doamne unde am ajuns! zise Eugen. Dar stai, o voi învăța, Dorotheea mă va ajuta și mă va asculta cum rostesc cuvintele acelea încâlcite. Poate îl vom uimi și impresiona pe acel conte Rhedey și îl vom face să se tragă de mustăți. Când e agitat așa face, ai observat, duce?

Alexander dădu din umeri amuzat aducându-și aminte de figura contelui când oprise trăsura în dimineața plecării lor. Ajuns singur în apartamentul său, ducele se apucă de scris. În multe cuvinte îi povesti Klaudiei cam ce face el în fiecare zi și cam ce ar avea de gând să facă. „Am vorbit cu mama și m-a înțeles, așa cum de altfel am și sperat să o facă. Mă va ajuta. Va vorbi întâi cu regina, sora mea, iar aceasta îl va lua mai ușor pe cumnatul meu, regele. Nimic nu mă va face să renunț la tine, indiferent cât de mult va dura să fii a mea deplin și legal. Dacă și tu ai tăria să mă aștepți până ce ne vom uni în fața Domnului atunci să știi că și eu o voi avea. Oricum, altei femei inima nu am cum să i-o mai dau, îţi aparţine şi e alături de a ta în pieptul tău. Cred că o simţi deja. Şi apoi am stat atât de puţin timp împreună, mai mult sufăr dorindu-te aproape dar mă consolez cu ideea că dacă voi persevera voi obţine tot ce voi dori. De fapt, aşa am fost eu întotdeauna, răbdător..." Astfel suna întreaga scrisoare pe care Agnes i-o adusese fiicei sale într-o zi.

- Norocul meu Klaudia a fost că tatăl tău nu a ieşit după corespondenţă cum face el de obicei. Ce ai de gând să faci? Klaudia luă scrisoarea, o desfăcu şi o citi pe nerăsuflate apoi o sărută cu patimă.

- Mamă, îl iubesc! Mă voi mărita atunci când tata îmi va da voie. Alexander mă va aştepta.

- Şi dacă nu-ţi va da voie? întrebă Agnes.

- Atunci mă voi călugări sau voi trăi fără să mă căsătoresc niciodată, preferând să-mi ador doar nepoţii.

- Doamne, ce încurcătură! spuse mama îndurerată.

- Mă voi întâlni cu el pe ascuns, mă va ajuta Eszter cumva sau... nu ştiu exact cum voi face. Oricum, de câte ori va vizita Transilvania o voi face.

- Nu, Klaudia, nu vorbi cu Esztera, te voi ajuta eu. Sunt camere în care tatăl tău nu intră niciodată. Mă voi gândi la o soluţie. Dacă îl iubeşti, voi face totul pentru tine, eşti unicul meu copil, fetiţa mea dulce.

Agnes spusese ultimele cuvinte plângând în timp ce ieşea pe uşă. Îşi adusese aminte de blestemul tuturor conteselor Rhedey, de cimitirul din Cluj şi de cripta Rhedey. Câte femei frumoase moarte de tinere din dragoste fără limite şi uneori fără acordul părinţilor. Se va întoarce împotriva lui Ladislau pentru Klaudia. Chiar dacă nu se vor căsători o vreme îi va ajuta, le va înlesni întâlnirile, va face totul pentru ei.

- Vreau la Sângeorgiu, şopti ea când intră în camera ei, vreau să vorbesc cu pastorul meu drag. Am stat destul aici la Cluj, trebuie să vorbesc cu contele. Voi pleca numaidecât cu fiica mea de aici, nu are decât să rămână cu treburile lui aici. Acolo trebuie să-i trimită ducele scrisorile, iar acolo nu avem lume care să ne viziteze.

- Să plecaţi la ţară? întrebă contele când află. Păi nu e o idee rea, puteţi merge când veţi termina de pregătit bagajele şi tot ce vă este necesar. Voi scrie înainte să fiţi aşteptate acolo. Eu nu pot pleca cu voi dar veţi fi însoţite, chiar trebuie să rămân, am nişte afaceri urgente aici.

- Nu este nicio problemă, Ladislau, spuse Agnes fericită. Îl păcălise şi îl convinsese că e o idee bună să plece mai ales că îl convinsese aproape că ar fi fost tocmai ideea lui. Vestea o încântă şi pe Klaudia.

- Acolo am să pot să visez fără să mă ascund, poate că mă va putea vizita sau poate că mă va cere de la tata, iar el va ceda în faţa unei dorinţe atât de ferme.

- Nu-ţi lua aripi şi nu zbura, draga mea. Scrie-i ducelui de noua adresă şi să lăsăm timpul să-şi mâne orele zi de zi.

Klaudia nu mai aştep.tă, scrisese scrisoarea şi deja o şi imagina în mâinile lui Alexander. „Mama ne va sprijini în orice vom face, oricât timp ar dura. Ne vom căsători când se va putea, iar în timpul ăsta eu voi refuza toate eventualele cereri în căsătorie. Deocamdată nu am primit niciuna, iar tata crede că mai pot aştepta. Anul ăsta voi împlini doar 16 ani, mai este vreme. Aş vrea în schimb să te văd dar nu la vreun bal. Poate că îţi par prea impulsivă însă aşa am fost obişnuită, să nu mă ascund, iar mai apoi eu sunt o contesă de la capătul lumii. Sunt puţin mai sălbatică, mai liberă, încă mai alerg prin pădure şi uneori vine şi mama chiar dacă ea anul ăsta împlineşte 40 de ani. Locul de aici de la ţară i-a păstrat tinereţea şi prospeţimea. Tata are şi el 53 de ani, nu e încă bătrân şi nici nu se plânge de vreo durere. Dar destul despre ei..." Klaudia îi scrisese separat cu litere de-o şchioapă noua adresă unde trebuia să-i trimită ducele scrisorile, credea în naivitatea ei că nimic nu trebuia uitat şi că slovele mari îi vor atrage mai bine atenţia. Aceste lucruri erau însă doar în mintea ei, ducele o iubea cu adevărat şi se gândea la o revedere cât mai curând, deocamdată doar în gândurile sale. Începuse să înveţe acea limbă dificilă când Eugen intră vorbind în ungureşte.

- Vezi ce bine ştiu, spuse el cu o oarecare mândrie. Ai nevoie de cineva care să te asculte.

- Am nevoie de Klaudia, ar fi cea mai bună învăţătoare pentru mine aşa cum este Dorotheea pentru tine.

- Ştii că a murit Amelie? A reuşit să o doboare soţul său, îmi pare rău mai ales de copii. Îmi voi trimite trăsura şi multe flori. Şi-a găsit până la urmă liniştea chiar dacă sunt sigur că nu a plecat fără durere.

CAPITOLUL 6

Henriette de Nassau-Weilburg consideră că nu e bine să tărăgăneze situaţia lui Alexander. După ce fiul ei plecă îi scrisese o scrisoare fiicei ei, regina, cerând o vizită particulară în legătură cu o problemă de familie. Fiica ei atât de bună o va ajuta să găsească o soluţie la această încurcată situaţie. Nu aşteptă mult, iar de la Stuttgart veni o scrisoare în care Paulina Tereza îi confirma că o aştepta cu braţele deschise, ca de altfel tot timpul, curioasă fiind şi puţin îngrijorată de scopul acestei vizite de care încă nu avea voie să-i spună soţului ei.

Henriette se aşezase astfel în trăsura ei confortabilă pentru a face această vizită pe care şi-o dorea să nu fie mai mult de o săptămână la curtea din Wurttenberg. Fu primită foarte intim de copiii şi fiica ei, până şi ginerele se bucură de o astfel de surpriză. Era minunat să auzi atâtea glăscioare de copii mici.

- Îmi aduc aminte de voi când eraţi mici, spuse ducesa zâmbind, nu pot uita primii voştri paşi şi uite cât aţi crescut cu toţii. Acum, uite, am nepoţi mari. Am însă o nemultumire, oftă ea, de care am venit să-ţi vorbesc ţie, iar tu mai apoi să duci vorba mai departe regelui, continuă oftând ducesa.

- Am simţit că e ceva la mijloc, mamă, tonul scrisorii tale m-a nedumerit, spuse regina.

- De fapt, nu e nimic rău cât mai degrabă nepotrivit şi poate imposibil, spuse Henriette. E vorba de Alexander. E îndrăgostit nebuneşte pentru prima dată şi cred şi ultima dată. E tare hotărât şi nefericit. La balurile acelea de sfârşit de an... îţi aduci aminte? A dansat cu o tânără.

- O tânără foarte frumoasă, nu mai era alta ca ea, zise Paulina. Se potrivesc.

- Nu se potrivesc, fiica mea, ea este o contesă din Principatul Transilvaniei, singură la părinţi şi mult sub rangul nostru. Mai este însă şi o altă problemă, refuzul tatălui ei de a o căsători în străinătate. Aşa cum vezi sunt destule probleme pe capul celor doi îndrăgostiţi. Alexander, fratele tău, doreşte să meargă să o viziteze pe ascuns până când o va putea avea de soţie.

- Adică până moare ungurul, spuse direct regina.

- Cam aşa ceva, Paulina, ar putea dura însă o veşnicie, iar Klaudia, căci aşa o cheamă, va trebui să se împotrivească tuturor propunerilor tatălui său. Apoi va trece şi mult timp.

- Mamă, tu ştii că există un Dumnezeu al îndrăgostiţilor? Poate că nu e aşa de grav. Wurttenberg are moştenitor, deci fratele meu nu este într-o situaţie atât de gravă, pot avea o căsătorie morganatică şi pot bănui de asemenea şi bogăţia acestei fete. Eu cred că vom putea să-l convingem pe Wilhelm, dar cred că mai greu va fi cu tatăl fetei.

- Am înţeles că contesa Rhedey îşi sprijină fata pe ascuns faţă de soţul ei. Aş vrea să-l văd şi pe fratele tău fericit, parcă m-am săturat să-l văd atât de abătut. A învăţat chiar şi ungureşte şi l-a pus şi pe prietenul său, contele de Wetterstein, s-o facă. O nebunie!

- Cred că afacerea este destul de serioasă atunci, îi spuse Paulina mamei sale.

- Atât de serioasă cum nu-ţi închipui. Îşi scriu atât de des, iar contele ungur habar nu are. Îţi dai seama ce s-ar putea întâmpla în cazul unei scrisori greşit primite şi ce scandal ar putea aduce? E încăpăţânat pentru că a mai avut doi băieţi care au murit de foarte mici astfel că acum este foarte posesiv cu fiica lui pe care şi-o doreşte lângă el.

- Stai liniştită, mamă, voi vorbi cu soţul meu, îl voi înduplecă. Ştii că nefericita Amelie de Midderhoff a muri? Ai auzit despre asta? Baronului însă nici că-i pasă. A îngropat-o cu toate onorurile cuvenite şi apoi a plecat la club. Copiii se află acum la conţii de Wenge, părinţii Ameliei, i-au luat ei să-i crească. Am înţeles că baronul nu i-a vizitat niciodată de la moartea soţiei sale. Nefericite mai sunt aceste familii. Măcar ştim că vor creşte bine educaţi în familia bunicilor materni. Părinţii baronului sunt de asemenea nefericiţi şi le este foarte greu cu această pată pe conştiinţa lor ce nu va putea fi ştearsă niciodată. Sunt zvonuri ce spun că Klaus a pus deja ochii pe o tânără bogată dar cam urâtă care însă ar da orice pentru o verighetă pe mână. Nu prea are el încotro căci îl împiedică doliul însă după aceea cine poate şti? Fata marchizului de Reithmayr este perfectă cu banii ei, nu că Midderhoff ar fi sărac dar nimic în plus nu strică niciodată. Marchizul s-ar vedea uşurat de o grea sarcină măritându-şi fiica.

- Păcat, Paulina dragă, de ce s-a întâmplat, dar noi nu prea avem ce face în asemenea cazuri. Avem însă de rezolvat cazuri din familia noastră.

- Da, ai dreptate, mamă. Am să vorbesc după cină cu Wilhelm şi te voi ruga să mă aştepţi, indiferent de cât de târziu va fi, în camera ta. Dar mai întâi cina. Eşti obosită şi îngrijorată, dragă mamă, dar stai liniştită, totul va fi bine. Alexander este al doilea la succesiune după băiatul nostru care este sănătos și crește bine, există deci succesiune viabilă la tron.

Henriette participă la cină conform etichetei, nimic nu-i arăta pe fața încă frumoasă preocuparea dar răsuflă ușurată atunci când se retrase în camera ei unde se puse pe așteptat. Se băgă în pat și începu să privească stelele pe fereastră. Îi porunci servitoarei să nu tragă draperiile ca să poată privi cerul. În cameră avea lumină doar de la focul din șemineu. Nu putea adormi, număra bătăile ceasului, când indica ora exactă, când jumătatea de oră. La miezul nopții auzi un zgomot la ușă și șopti ridicându-se în capul oaselor:

- Paulina, fata mea, tu ești?
- Da, eu sunt mamă.
- Ce vești îmi aduci? întrebă ducesa cu neastâmpăr.
- Până la urmă sunt vești bune, mamă, dar câtă teamă pentru soarta fratelui meu am pus la inimă.
- Povestește-mi tot.
- Mamă, Alexander se va putea căsători doar morganatic, indiferent dacă va fi chiar primul sau mai ales atunci pe linie succesorală, dar asta nu vreau să se întâmple căci băiatul meu va trăi. Prima dată Wilhelm a spus „nu" căci îi hotărâse soarta fratelui meu printr-un mariaj cu o prințesă germană. Norocul a fost că acest plan a rămas doar un gând fără niciun demers făcut în acest sens până acum.
- Doamne..., spuse ducesa închizând ochii.
- Am întârziat pentru că am căutat toate acele cărți despre familiile nobiliare ale Imperiului unde am găsit că această fată aparține unor vechi și bogate familii ale Transilvaniei. La Cluj, capitala Principatului, au acești conți reședința într-un mare și frumos palat. Micuța contesă însă s-a născut la proprietatea lor de la țară a acestei familii. Restul deja îl știi despre ea.
- Da, așa este, toate le știu de la Alexander. Deci?
- Așadar nobilul ungur rămâne acum singurul și marele obstacol de trecut și cred că o să cedeze. Chiar dacă noi avem un rang mult mai înalt decât el încăpățânarea își spune cuvântul. Wilhelm îmi spunea că își aduce aminte de poporul acesta, nu lasă nimic din mână indiferent cu cine au de a face. El e de părere că doar moartea contelui ar face loc unui mariaj morganatic, altfel el nu ar vedea altă posibilitate. Chiar a râs când a aflat că vărul său a învățat chiar și ungurește împreună cu contele de Wetterstein. Asta e tot. Mâine ai să vorbești și tu cu Wilhelm și probabil îl va chema și pe Alexander zilele acestea cât vei sta la curte. Îi va da un concediu la vară pentru a putea merge în Transilvania, îl înțelege după cum vezi, e un om bun.
- Știu, Paulina, ai fost o norocoasă până la urmă. Ai trei copii frumoși și reușiți, sunt mândră că sunt nepoții mei. Să aștepte Alexander

atâta vreme... Contele nu mi se pare a fi prea bătrân şi Doamne, e păcat să avem asemenea gânduri.

- Vom vedea dacă se vor iubi atât de mult pe viitor. S-ar putea să fie puţin timp de aşteptat, dar s-ar putea să dureze de asemenea foarte mult. Cine poate şti? spuse Paulina visătoare. Acum culcă-te, eşti obosită, iar eu sunt la fel. O parte a problemei este deci rezolvată însă cealaltă trebuie lăsată în mâna Domnului.

Într-adevăr, cât stătu ducesa la curte avu câteva întrevederi cu ginerele său, regele, dar şi cu Alexander, participant fiind la aceste discuţii. Wilhelm se amuzase copios totuşi de situaţie, îl îmbărbătă pe Alexander şi îi dădu concediu două luni de zile pe timpul verii.

- Ai să mergi cu prietenul dumitale, contele de Wetterstein, dacă tot aţi învăţat amândoi ungureşte însă nu aveţi mustăţi ca ei. Sincer îţi spun, dragă vere, că acest Rhedey nu îţi va da fiica, o să vă întâlniţi mult şi bine până ai s-o duci tu la altar dar asta nu e o problemă pentru două inimi încinse. Alexander îi mulţumi regelui pentru acest accept şi bunăvoinţă, ştia şi el că trebuia să se căsătorească cu o prinţesă germană şi că îi dăduse lui Wilhelm planurile peste cap, dar nu se putea altfel. Te rog, însă, ţine minte, zise regele înainte de a ieşi, copiii tăi nu te vor moşteni, nici ca rang şi nici ca avere. Vor trăi alături de tine în bunăstare însă atunci când nu vei mai fi se vor întreţine din averea mamei lor. Gândesc cam departe dar e bine să ştii ce te va aştepta dacă alegi dragostea. Cam asta înseamnă o căsătorie morganatică.

Alexander se înclină şi nu spuse nimic, iar regele ieşi zâmbind, avea 47 de ani şi o experienţă destul de bogată în dragoste, Paulina fiindu-i a treia soţie, cea care de altfel îl binecuvântase cu moştenitorul tronului. O iubea cu adevărat pe tânăra lui soţie şi poate că de aceea nu se împotrivise atât de tare. Ducesa îşi îmbrăţişă fiul şi-l îmbărbătă. Sperau amândoi ca în vară răspunsul contelui să fie pozitiv la cererea ducelui. Nu puteau gândi altfel. Mai aveau de aşteptat câteva luni până în plină vară atunci când putea pleca la Klaudia lui dragă.

Eugen, bunul lui prieten, se bucură de hotărârea regelui, „dragostea trebuia să învingă mereu", îi spusese el ducelui, „iar dacă nu te interesează banii ca pe o pomană pe care o ştim amândoi şi de care nu vrem să amintim, e în regulă aşa. Până atunci, să ne bucurăm de primăvară, de vremea călduţă şi de zilele mai lungi." Klaudia află cu bucurie de acceptul regelui cu privire la un eventual mariaj.

- Rămâne, aşadar, tata..., îi răspunse ea mamei sale, el nu va dori această căsătorie, iar ca să-i doresc moartea pentru a-mi îndeplini visul e culmea păcatului. Nu o voi face! Voi aştepta. Dacă ducele a refuzat acel plan de căsătorie pentru mine înseamnă că-i sunt dragă.

- Dumnezeu să mă țină în viață să vă pot ajuta, îi spuse Agnes Klaudiei.

- Nu vorbi așa, mamă, vei fi la nunta mea, vei vedea. Ne vom căsători aici, departe de lumea lui. Va veni în iulie și august aici fără ca nimeni s-o știe. Trebuie să ne gândim. Apoi o să mă ceară tatei, asta mă face să amețesc gândindu-ma la un refuz din partea lui. E și umilitor, un duce să fie refuzat. Îmi aduc aminte de privirea tatălui meu atunci când eram în trăsură, când Alexander a oprit-o pentru a-mi înmâna acea scrisoare. Tata nu a spus nimic cu voce tare dar înăuntrul lui a vorbit și a luat hotărâri negre pentru mine.

- Fata mea, nu vorbi așa, ești încă atât de tânără. Vom aștepta, vom implora, vom merge la Viena, va veni el aici vara, scrisorile vor curge, iar odată cu ele și viața noastră. Cei răbdători au în final ce își doresc, așa spune pastorul nostru. Îți amintești?

- Da, mamă.

- Cred că mă voi sfătui cu el, o să ne ajute, vei vedea.

Astfel, cei doi tineri așteptau cu înfrigurare vara, unul pentru a veni, iar celălalt pentru a primi, însă întotdeauna e mai greu pentru cei ce așteaptă decât pentru cei ce pleacă sau vin. Febra plecării îl cuprinsese pe ducele de Wurttenberg care urma să-și viziteze iubita și mai ales să-i ceară mâna și să renunțe la tot pentru Klaudia. Alexander era așteptat prima dată în Sângeorgiu de Pădure de către cele două contese, contele Rhedey era la Cluj cu afaceri de care cele două femei nu aveau niciodată habar. Trăiau fericite în liniștea palatului, a splendidelor grădini și a minunatelor păduri din împrejurimi. Cei doi oaspeți aveau să stea la casa pastorului care primi cu bucurie această misiune după ce află întreaga poveste.

Ce fericire a fost pe cei doi atunci când se văzură, câte lacrimi de bucurie și câte senzații noi la prima lor îmbrățișare sau la primul lor sărut! Nu puteau atinge pământul de fericire. Seara își făceau semne fiecare din camera lui, Alexander din casa pastorului, iar Klaudia îi răspundea din salonul ce dădea spre stradă.

- Sunt fericit că am venit cu tine, spuse Eugen într-o dimineață, contesa Agnes este atât de spirituală și este încă o femeie frumoasă. Dacă ar ști contele ce se întâmplă ar scoate fulgii din perne cu mâinile lui.

- Nu spune asta, când mă gândesc că am să-l văd curând, mă îndispun pe loc. Îmi place aici. Totul parcă stă locului, acest loc parcă e neatins de vremuri, nimic nu se mișcă, iar pădurea este magnifică. E atâta liniște și e minunat să fii necunoscut. Lumea crede că avem treabă cu pastorul, nimeni nu bănuie de ce suntem noi aici. E plăcut și chiar mai cald decât acasă la mama chiar dacă și aici e pădure la fel ca și la Kirchheim.

- Dorotheea este atât de curioasă de aceste locuri... Dacă ai să te însori pe aici, ceea ce îți doresc din tot sufletul, ne vei avea oaspeți. Copiii sunt destul de mari, iar cu câteva opriri vom putea străbate distanța. Iar biserica, ai văzut biserica? E un loc perfect pentru o uniune. Am fost de unul singur înăuntru, este o lespede acolo sub amvon. Frații Klaudiei se odihnesc veșnic acolo. Locurile acestea te atrag și parcă spun: „Rămâi, rămâi..." Cred că un vrăjitor a făcut o vrajă puternică aici.

- Și eu simt la fel, îi răspunse Alexander contelui, nu aș mai pleca de aici niciodată. Dar nu este după voia mea.

Viața trecea fericită la palatul din Sângeorgiu de Pădure, uitaseră cu totul de conte când contesa primi o scrisoare.

- Se pare că nu trebuie să mergeți la Cluj să-l vedeți pe conte, vine el aici peste câteva zile. Trebuie să ne pregătim, să avem un plan.

- Atât de repede? tresări tânăra contesă. Visul meu! M-am trezit deja... Vai, mamă! Uitasem...

- Știu, mamă, dar este inevitabil, e o oportunitate binevenită. Decât la Cluj fără noi mai degrabă aici cu toții.

- Aveți perfectă dreptate, doamnă, îi răspunse Alexander în locul Klaudiei, apoi vom pleca și ne vom revedea la Viena unde cu siguranță nu voi lipsi de la niciun bal

Eugen stătea la fereastră și se gândea. Se vor termina cumva zilele acestea. Contesa hotărî ca oaspeții să nu mai viziteze palatul decât dacă vor primi un bilet de confirmare. Se puteau întâlni în locuri ferite până când vor fi primiți de însuși stăpânul ținutului. Astfel că în două zile între cele două case se lăsă o liniște străpunsă seara doar de lumina lumânărilor.

- Duce, în seara aceasta Klaudia nu ți-a mai luminat ferestrele, spuse contele la masă.

- A venit contele, îi informă pastorul zâmbind. Nu erați aici, erați în pădure la plimbare. A venit singur de data aceasta.

- Atunci, a venit momentul decisiv, începu să vorbească Eugen. Cât mi-aș dori un final fericit... însă aș prefera să fiu reținut în idei.

- Nu îmi este dat mie să culeg laurii din prima clipă și nici nu mă duc la ușa lui ca un învingător, cred că va trebui să aștept mult și bine până o voi avea pe Klaudia, însă îmi va trebui multă răbdare care e scumpă la vedere când e vorba de mine. Nu mă revolt și nici nu încerc să pricep de ce un conte poate refuza un duce, poate când voi avea și eu copii voi înțelege.

- Nu e rău cum gândești, fiule, spuse pastorul, va fi cum trebuie și cum este scris în destin. Femeile Rhedey au un destin ciudat și misterios, poate că îl vei cunoaște dacă Klaudia îți va fi soție.

- Ce fel de destin? întrebă Eugen.

- Iubesc cu patimă un singur om și sunt asemenea unor rugi aprinși toamna când se curăță pământurile. Veți vizita la Cluj cimitirul cel mare, acolo este cripta familiei. Veți vedea o seamă de contese frumoase duse de tinere pe cealaltă lume. Așa sunt ele, de asta îi este teamă și contesei

Agnes căci vede destinul scris pe fruntea fiicei ei. De aceea te sprijină, fiule! De teamă. Însă contele nu e atent la semne şi nici nu vizitează cimitirul prea des, pe când Agnes merge mereu la cripta Rhedey şi vede mereu acele capete minunate sculptate în marmură moarte de copile sau de tinere femei. Pune flori pentru a îmbuna soarta şi pentru a înlătura blestemul, însă se pare că şi Klaudia merge pe acelaşi drum.

- Nu vreau să mai vorbim despre aceste lucruri, părinte, spuse ducele. Nu vreau să cred în ele însă după ce voi pleca de aici voi merge la acel mormânt.

- Cum doreşti aşa să faci.

A doua zi pastorul primi o scrisoare din partea lui Agnes: „Noi vom aştepta la biserică, chiar acum vom pleca, iar ducele poate veni la soţul meu. Singur. Indiferent de răspuns, suntem la biserică şi îl vom aştepta." Acesta fu mesajul scurt al contesei. pastorul îi informă pe cei doi nobili germani despre acest fapt, apoi plecă la biserică însoţit doar de conte, ducele se pregătea însă pentru a merge la palatul Rhedey. Fu primit înăuntru în încăperile pe care avusese posibilitatea să le cunoască din vizitele trecute, apoi intră în cabinetul contelui care-l primi destul de amabil dar foarte încordat.

- Ştiu de ce ai venit, spuse el şi mai ştiu că în mod normal nu ar trebui să refuz onoarea pe care mi-o faci, duce, însă o refuz. Klaudia se va căsători cu tine doar după ce voi muri eu dacă nu cumva se va căsători cu altul până atunci. Tu aparţii altei lumi, vezi şi tu cum este lumea de aici, e mai înceată în toate cele. Nu te conjur să mă înţelegi şi ştiu că voi întâmpina greutăţi din partea fiicei mele, dar ea nu se poate căsători cu tine, indiferent câte sacrificii ai face tu pentru ea.

- Am înţeles, conte, spuse ducele cu glasul gâtuit de emoţie, dar demn. Pot spune că vă mulţumesc pentru primirea făcută, aţi fost amabil şi sincer dar nu voi renunţa la Klaudia. Inevitabil am s-o mai văd, aici în Principat sau la Viena.

- Fără îndoială că o vei mai vedea dar nu te vei întâlni cu ea, spuse contele, oricum... slabă consolare câteva dansuri.

- E mai mult decât câteva dansuri, o iubesc şi mă iubeşte. Vom aştepta să vă răzgândiţi sau... se opri Alexander.

- ...sau moartea mea. Aşteptaţi-o atunci amândoi căci mai am mult de trăit. Vă veţi trece amândoi dar asta nu are nicio importanţă când e vorba despre o dragoste mare.

- Cred că nu mai este nimic de discutat, am fost refuzat, iar acum pot pleca, spuse ducele înclinându-se.

- Dacă erai ungur, erai perfect, spuse Ladislau.

- Ştiu ungureşte, am învăţat, îi răspunse Alexander.

- Şi eu ştiu germană dar mi-am luat soţie unguroaică, îi dădu imediat replica Rhedey.

Întrevederea se termină aici, iar ducele simţi nevoia să iasă la aer, să respire. Se îndreptă spre biserică unde toţi îl aşteptau cu nerăbdare.

- Vine! dădu alarma contele de Wetterstein când îl zări. E trist! Veşti proaste... Klaudia se aşeză încet pe o bancă şi îşi cuprinse mâinile una în alta.

- Blestem! strigă ea brusc. Dar voi aştepta să moară tata! Nu mă voi căsători niciodată decât cu cel pe care-l am în inimă.

- Sssst... nu folosi acest cuvânt nefericit, fiica mea, spuse pastorul. Linişteşte-te, rogu-te, ce o să zică El?

- Ai dreptate, părinte, trebuie să fiu demnă şi puternică. Alexander! strigă ea repezindu-se către uşă. Am văzut adică mai bine zis am simţit refuzul tatălui meu. Îţi jur că nu mă voi căsători niciodată cu altcineva decât cu tine, uite aici la mormântul fraţilor mei. Îţi voi aştepta scrisorile şi vizitele vara, iar tu mă vei vedea la Viena. Ducele o luă în braţe fără să conteze că nu erau singuri în biserică.

- Klaudia, spuse el, îţi jur şi eu că te voi aştepta până când vei fi liberă. Tatăl tău a spus că după moartea lui putem face tot ce dorim. Îţi voi aştepta şi eu scrisorile apoi vizitele la Viena. Nimic nu-mi va sta în cale să-mi îndeplinesc visul, acela de a fi a mea indiferent cât va trăi tatăl tău. Nu poate fi convins deci nu mai încerca nici tu s-o faci. Nu mă vrea din tot sufletul său încăpăţânat. Voi reveni cu plăcere aici, îmi place ... dar acum cred că trebuie să ne despărţim. Am să-ţi dau o bijuterie de familie, un medalion pe care să-l porţi mereu lângă inima ta, această bijuterie să fie o promisiune de credinţă şi de aşteptare.

Klaudia luă bijuteria pe care mama ei i-o aranjă la gât, apoi o ascunse pe sub rochie să nu fie la vedere şi se duse încet în sacristie de unde luă un foarfece.

- Alexander, taie-mi tu o şuviţă din păr, aşa voi fi cu tine mereu. Ducele tăie un zuluf al contesei şi îl sărută. Klaudia îl luă apoi, îl sărută şi ea şi îl puse cu grijă în batista cu monograma ei înmânându-i-o iubitului ei.

- Fiica mea, trebuie să plecăm, interveni Agnes, poate ne-a văzut cineva de la vreo fereastră.

- Acum, mamă, spuse Klaudia fără voie, abia şoptit.

Îşi luă în braţe iubitul şi cu multă îndrăzneală îi cuprinse capul privindu-l în ochi. Sărutul ei urmă firesc ameţind-o. Agnes o luă aproape în braţe pe fiica ei murmurând, abia de pastor auzită, cuvântul „blestem". Ieşiră din biserică sprijinindu-se una de cealaltă. Klaudia ardea de febră. Bărbaţii rămăseseră o mare bucată de timp pe loc, Alexander cercetase biserica şi lespedea conţilor Rhedey. Eugen stătea pe scările altarului fără să spună nimic. Pastorul îşi veni primul în fire.

- Să ieşim prin altă parte, nu trebuie să fim văzuţi de conte. Pe aici.

Când se aflară în siguranţă în casa pastorului, Alexander decise:

- Vom pleca la noapte, să nu ne vadă nimeni. Ne vom întoarce acasă dar nu înainte de a vizita Clujul. Trebuie să văd acel loc de veci.

- Cum doreşti tu, spuse Eugen. Concediul nu s-a terminat, avem timp, încă vreo patru săptămâni. Mă duc să pregătesc caii şi bagajele.

- Părinte, spuse ducele, ce ai văzut dumneata în biserică e mai mult decât un jurământ, e o dorinţă până la moarte de îndeplinit dacă este cazul.

- Din ambele părţi, fiule, spuse acesta. Mă voi ruga Domnului să trăiesc să vă pot căsători eu, mai adăugă el. Să nu ai grijă, le voi consola eu pe mamă şi pe fiică, le voi da eu putere de la mine şi inimă uşoară.

- Contez pe asta, părinte.

La lumina stelelor cei doi ieşiseră din curtea pastorului. La una din ferestrele palatului Rhedey o lumânare se mişca luându-şi adio. Klaudia, căreia îi trecuse febra, se liniştise şi era mai hotărâtă ca oricând să-şi atingă scopul.

- Voi aştepta să moară tata, şopti ea umbrei din spatele ei. Agnes o strânse atunci în braţe.

- Îţi voi fi alături mereu, te voi sprijini şi te vei căsători cu ducele, ai să vezi.

- Ştiu, şi eu simt asta, dar pare că e tare îndepărtat anul acela, spuse fata.

- Să mergem, să ai grijă de medalion, să-l porţi tot timpul dar bagă de seamă să nu se vadă.

Contele aduse vorba în treacăt de vizita ducelui dar pentru el, ferm în hotărârea lui, această întâlnire nu avusese nicio semnificaţie. Nu făcu niciun reproş şi nici nu întrebă de unde apăruse pretendentul, spre uşurarea celor două femei. Curând plecă din nou în treburile sale lăsându-le singure pe fiica şi soţia lui.

Ducele şi însoţitorul său bătură cale lungă până la Cluj. Acolo înnoptară la un han, luară cina şi se culcară hotărâţi ca expediţia în cimitirul cel mare s-o facă de dimineaţă. Aşa şi făcură şi găsiră porţile acestuia deschise şi câţiva oameni deja ocupându-se de flori, de frunze şi de curăţenia în cimitir. Într-o maghiară demnă de ei cerură să vadă cripta familiei Rhedey, iar rugămintea le fu îndeplinită îndată când un grădinar îi duse în partea dedicată celor de religie reformată în faţa unei cripte demne de un conte şi de o familie ilustră şi bogată din ţinut.

- Uite, bustul acela seamănă cu Klaudia, şopti contele auzit doar de însoţitorul său. Vezi cât de tânără a murit? Multe femei sunt aici în adormire.

- Văd, şi toate tinere, însă nu cred în blestemul conteselor aşa cum vorbeşte lumea, ci mai degrabă într-o consecinţă nefericită a încăpăţânării bărbaţilor acestei familii. Să plecăm de aici la familia contesei Agnes.

Nu avură nevoie de grădinar care se îndepărtase deja de multă vreme căci era o construcţie amplă şi frumos aranjată.

- Aici sunt doar femei în vârstă. Baronesele acestea şi-au trăit viaţa, spuse gânditor Alexander. Să plecăm spre casă, avem drum lung de făcut cu trăsura până la Kirschheim şi nu am trimis nicio scrisoare înaintea noastră. Nu vreau s-o îndurerez pe mama care oricum are inima strânsă şi presimte întotdeauna totul. Dar să ştii, conte, că nu voi renunţa niciodată la Klaudia, voi aştepta să moară contele şi mă voi ruga să fim sănătoşi cu toţii. Aş vrea ca eu să rup negura ce înconjoară aceste femei care în mod normal ar trebui să aibă totul.

- Mai puţin dragoste fericită, continuă contele, dar nu din cauza lor. Până şi tu ai venit pe ascuns aici şi am mai fi stat aşa dacă Rhedey nu ar fi venit pentru câteva zile. Probabil că toate contesele s-au întâlnit în locuri fericite cu cei pe care-i iubeau. Aici e secretul, nu iubesc în văzul lumii pentru că nu au avut acordul bărbaţilor familiei, adică al taţilor lor şi nu au iubit ce-şi doreau aceştia.

CAPITOLUL 7

Ajunşi la Kirchheim unter Teck, cei doi prieteni se despărţiră, unul pentru a ajunge acasă la soţia şi cei doi copii ai săi, iar celălalt pentru a găsi alinare în braţele mamei sale, ducesa Henriette.

- Oh, Alexander, spuse ea, îţi văd privirea şi eşecul.
- Am vorbit cu contele Rhedey şi mi-a spus că doar moartea lui ne va elibera pentru mariajul nostru. Atât de mult poate dura. Nu e un om bătrân. Eu şi Klaudia ne-am jurat credinţă pe lespedea din biserica din faţa palatului lor, i-am dat medalionul meu, iar ea mi-a dat o batistă cu o şuviţă din părul ei. Atât avem fiecare unul de la celălalt. Aşteptăm acum balurile de la Viena unde contele mi-a spus că vom putea dansa. Nu are încă vreun mariaj în vedere pentru fiica sa, căci are doar 16 ani pe care-i împlineşte anul acesta. A fost onorat de cererea mea, dar s-a văzut nevoit să mă refuze. Mă doare sufletul...
- Nu uita că acolo unde durerea este mare Dumnezeu va picura nădejde, speranţă şi un pic de nectar pentru puterea celui încercat. Aşteaptă-ţi doamna, fiule! Şi ea te va aştepta negreşit, sunteţi hotărâţi amândoi.
- Am fost la cripta conţilor de la Cluj, capitala ţinutului. Multe din contesele acestei familii au murit de tinere. Am văzut chiar o statuie ce părea a fi chiar Klaudia, parcă era reală şi îi semăna izbitor. Aceste femei au fost nefericite. Se zice că e un blestem acolo, aceste doamne sunt ca nişte lumânări, ard cu flacără mare şi se sting repede.
- Poate că aşa o fi, fiecare cu destinul său, mai blând ori mai aspru. Nu ne putem împotrivi cu nimic voinţei celui care ne-a trimis aici, spuse ducesa. Şi aici există nişte zvonuri cu privire la relaţia dintre sora şi cumnatul tău, regele. Se pare că se înfiripă ceva între el şi o actriţă, dar încă este nelămurită situaţia. Aceasta nu se arată la curte. Paulina plânge şi e nefericită, îşi iubeşte soţul, iar pentru ea el era cel mai bun om. Am încurajat-o cât am putut şi am sfătuit-o să-şi îndrepte atenţia către copii.

- Ticălosul, el e la a treia soție, spuse Alexander cu ciudă, iar eu trebuie să aștept să vină moartea contelui, să mă rog pentru ea, s-o doresc pentru a fi fericit. Pe toate le lasă nestatornicul. Ce inteligentă a fost prima lui soție atunci când a divorțat de el! Iar verișoara noastră a murit imediat, cine mai știe de ce. Atât de tânără! Și acum sora mea plânge și se chinuie să pară demnă și așa va trebui să mă port și eu ca și cum totul este normal, iar fericirea plutește peste tot. Ai văzut-o?

- Nu, cum aș putea să mă cobor atât de jos? E o actriță, fiule, dar o vom vedea curând, de-abia a venit în Stuttgart și acum se instalează teatrul, scena și cortina alături de toate decorurile. Este din Munchen și se spune că a strălucit în acest oraș, iar acum țintește mai sus.

- Adică la rege, la soțul surorii mele. Biata mea Paulina! Va trebui să merg la curte peste câteva zile, zise ducele.

- Da, cred că ai face bine să te duci la ea însă va trebui să te vezi și cu regele, să-i povestești. S-a adeverit ce a spus el despre încăpățânarea acestui neam, spuse ducesa.

- Între timp voi primi cel puțin o scrisoare de la Klaudia și nu voi fi aici să o primesc eu însumi, dar în curând va fi septembrie și mă voi întoarce la trupele mele. Timpul va trece mai ușor până în decembrie.

- Le voi primi eu ca și când ai fi tu. Să nu ai nicio grijă.

- Știu, mamă, și îți mulțumesc pentru devotament.

La Stuttgart Paulina i se confesă printre lacrimi.

- Credeam în el, frate, niciodată nu mi-am făcut probleme că ar aparține și altcuiva însă încep să cred că doar copilul îl interesează când se gândește la mine, micul lui moștenitor al coroanei. Mă întreb dacă această actriță este prima dar tot eu îmi răspund că nu. Păcălită, asta sunt, iar tu te-ai umilit în fața unui conte degeaba căci poate trăi foarte bine până la 80 de ani. Puteți rezista? Acum credeți că da pentru că sunteți tineri și frumoși, dar mai târziu? Ea va rămâne nemăritată?

- Ne-am jurat, Paulina, pe mormântul fraților ei în biserică, îi răspunse Alexander.

- Să dea Dumnezeu să moară atunci, iar Klaudia să fie mireasă tânără.

- Cine să moară? se auzi un glas și apoi o persoană intră în încăpere: Wilhelm.

Paulina păli, dar se bucură că nu fuseseră surprinși vorbind despre nefericirea ei.

- Contele Rhedey, spuse ea așezându-se, doar așa fiica lui va fi a fratelui meu. Este condamnabil gestul său și atitudinea lui față de un vlăstar regal.

- Nu putem face mai mult, Paulina, spuse regele, e fata lui. Apoi, nu-mi este supus să-l pot trimite în răboaie sau în alte pericole cu risc mare. Facă ce vrea el în Transilvania aceea aproape neumblată.

- E foarte frumos pe acolo, răspunse Alexander, timpul stă pe loc, iar modernismul nu a ajuns acolo, poate doar în capitala Principatului. E o minunată pace, mi-a plăcut.

- Va muri şi contele, Alexander, şi o va face la timp, vei vedea. Nu poţi fi pedepsit pentru încăpăţânarea altora, iar pe contesă o poţi vedea la baluri, precum şi vara, iar în rest veţi trăi din scrisori. Eu cred totuşi că va veni curând şi momentul căsătoriei tale, concluzionă regele.

Alexander nu dădu decât uşor din umeri, nu putea prooroci. Regelui îi era uşor să vorbească căci nu era cauza lui în joc. Paulina, care rezistase deja acestei discuţii, găsi de cuviinţă să-şi scoată fratele afară pentru a se întâlni şi cu copiii. Concedie doicile apoi, rămânând singuri, spuse:

- Cât de amabil se poartă, cât de elegant, poate chiar crede că nu ştiu însă trebuie să mă consolez. Toţi regii au amante.

- Uită-te la copiii tăi, surioară, Domnul te-a binecuvâtat cu ei. Eşti fericită, ai două fete şi un băiat. Regele mai are o urmă din tinereţea pierdută pe care însă o revendică, încă o caută minţindu-se.

- Ai dreptate, frate, tu eşti mai nefericit decât mine.

- Voi fi fericit, Paulina, vei vedea.

- Când te aud rostind aceste cuvinte cred şi eu cu adevărat în ceea ce spui. Nu renunţa! Se va milostivi Dumnezeu de iunirea voastră curată.

Departe, în Transilvania la Sângeorgiu de Pădure, era forfotă mare. Sora lui Agnes venise să se bucure cu familia ei de neamuri, de soare şi de pacea ţinutului. Cei trei copii erau o încântare. Cel mare avea trei ani, iar cel mic abia un an. Îi umpluseră zilele Klaudiei care îi îngrijea, făcea primii paşi cu cel mic, uitând pe moment de problema ei care nu admitea discuţie în faţa tatălui ei. Maria, mătuşa ei, era întru-totul de acord cu acest mariaj neînţelegând atitudinea cumnatului ei.

- E prea încăpăţânat, ducele e tânăr şi frumos şi s-a umilit venind în faţa lui, poate că îl deranjează forma morganatică a mariajului însă nu se poate altfel. Averea nu contează aici, Ladislau e bogat şi ar putea întreţine destui oameni nu doar unul, iar ducele are averea lui care însă nu poate fi transmisă eventualilor copii dar de care se pot bucura cu toţii pe toată perioada vieţii lui. Copiii vor moşteni averea Klaudiei, deci nu vor fi probleme, dar deja vorbesc de căsătorie, de copii când de fapt nu este cazul în acest moment. Acelaşi subiect îl discutau cei doi cumnaţi în camera de lucru.

- Nu-mi dau fata te miri unde şi fără vreun drept printr-o căsătorie din asta. O prefer lângă mine, căsătorită cu un nobil ungur ca mine şi bogat la fel ca mine. Ştiu că suferă, dar are doar 16 ani, îi va trece odată şi-odată.

- Ştii, mă întreb, zise Mihaly Petrichevich-Horvath, dacă eu aş fi în locul tău cum aş proceda. Am şi eu o fetiţă, Josefa, şi sper să nu trec prin ce treci tu acum. Balurile astea la Viena sucesc capul tinerelor din zilele pe care le trăim.

- Da, dragă Mihaly, însă Viena deschide multe alte oportunităţi şi trebuie să fii acolo, nu doar pentru a vâna soţi, ci şi din alte motive. Voi merge cu Klaudia în fiecare an, indiferent câte dansuri va învârti cu acel german. Acolo, la acel bal, se merge cu invitaţie, aşadar e o mare onoare să fii prezent acolo. Poţi cunoaşte multe persoane, oportunităţi de a face negustorie şi apoi îţi mai descreţeşti fruntea. La noi e tare linişte.

- Tu ştii mai bine, Ladislau. Fata mea are doar 3 ani, deci pot sta liniştit încă, apoi Maria ar plânge mult dacă nu şi-ar vedea fiica cu toate că e tare mândră să recunoască.

- Eu, Mihaly, ţin să-ţi spun că nu mă interesează părerea lui Agnes sau a pastorului din sat, iar ea nu mi s-a opus până acum pentru că nici nu discutăm acest subiect. Nu are ea a se băga în treburile mele, căsătoria Klaudiei poate fi luată ca o afacere bună dacă nu mă orientez către cine trebuie. Cu ducele ar fi un dezastru din cauza acelor interdicţii, mai devreme sau mai târziu ar fi dureros şi tragic, nu aş putea suporta. Închipuie-ţi, a învăţat maghiara crezând că mă va convinge. Am apreciat că a reuşit s-o facă, dar de convins nu m-a convins. Nu e pentru Klaudia. Dacă ea nu va dori să se mărite eu nu o voi forţa, mai bine fată bătrână decât cu ducele acela.

Mihaly dădu din umeri, nu avea ce să spună. Curând cei doi ieşiră să se plimbe. Femeile stăteau la soare cu cei trei copii pe un pled uriaş veselindu-se alături de aceştia.

- Vezi, cumnate? Aceasta este lumea Klaudiei, liniştită ca ţăranii noştri duminica la biserică. Viena e doar pentru diversitate şi pentru a face diferenţa între liniştea fericită de aici şi vuietele capitalei Imperiului.

După plecarea rudelor liniştea se puse apăsătoare pe palat. Scrisorile lui Alexander vorbeau despre dorinţa de a trece timpul şi de a veni momentul sezonului zgomotos al petrecerilor unde să o poată revedea şi atinge. Klaudia răspundea la fel numărând zilele. Tatăl său închiriase o vilă doar a lor, ştia sigur că nu vor mai sta cu familia Bethlen.

Când se puseră la drum cuferele erau pline de rochii noi şi bijuterii minunate. Klaudia era atât de nerăbdătoare, cu greu reuşea Agnes să o liniştească şi mai ales s-o stăpânească de-a lungul drumului. Era bucuroasă că nu trebuie să mai împartă camera cu cineva, era doar a ei şi atât. Eszter urma să se logodească curând, la începutul anului ce urma, iar în anul 1830 să se căsătorească. Acum nu mai avea timp de plimbări căci, îndrăgostită fiind, visa împlinit, pe când frumoasa Klaudia nu avea nimic sigur, totul depindea doar de tatăl său pe care-l privea uneori când acesta era atent la drum sau când se dădea jos să schimbe caii la vreo poștă.

La Viena fu fericită doar alături de cel pe care-l iubea. Dansau și parcă toată viața lor se compacta în cele câteva minute de vals. Lumea îi cunoștea acum, le știa povestea și îi compătimea uitându-se pe furiș la conte care când dansa cu Agnes cam stângaci când stătea locului privind și dând din umeri trăgându-se de mustăți. Agnes stătea liniștită privind perechea aceea atât de minunată și atât de fericită.

- Am să mă obișnuiesc să te văd de două ori pe an, spuse Alexander, am să te aștept oricât ar trebui.

- Crezi că eu nu voi face asta, dragule? Medalionul de la tine îmi arde sufletul, dar stă mereu acolo. Acum l-am dat jos căci tata nu trebuie să-l vadă. Așa spune mama, iar eu o ascult.

- Mama ta e atât de bună, spuse ducele.

- Da, femeile din familia ei sunt toate așa. Finețea îi emană din tot ceea ce face, nu are nevoie de nimic doar să fie ea însăși.

Sezonul balurilor trecu foarte repede dar ei se văzură și în alte ocazii pe tăcute cum ar fi la biserică sau în parcuri. Alexander nu mai venea în casa Klaudiei, fusese înjosit și nu se cuvenea. Plecarea se anunța însă curând din cauza trecerii nemiloase a timpului. În ziua cu pricina nimeni nu mai opri caii, Klaudia primisese scrisoarea împreună cu o mică bijuterie cu o seară înainte. În acest fel viața între a aștepta vara și venirea iernii începu. Scrisorile curgeau mai des, iar atunci când Klaudia trebui să meargă împreună cu familia la logodna Eszterei suferința ei se răsfrânse și în scrisorile sale.

„Cum să te consolez, iubita mea, de la asemenea distanță?" îi răspundea ducele. „Știu că ai fi vrut să fim noi acolo, eu în genunchi în fața ta dar poate că trebuie să acceptăm o asemenea depărtare pentru un strop de balsam în viitor."

Așa aflase Klaudia de nefericita soră a lui Alexander, regina. Soțul său, Wilhelm, se adeverise, avea o relație cu acea actiță, și culmea, aceasta trăia retrasă refuzând să fie întreținută, acest lucru cucerindu-l de fapt pe rege. Paulina suferea în tăcere, nu avea ce face, iar mama sa, ducesa Henriette, plângea de durere pentru ambii ei copii nefericiți. Trecuse anul, venise și 1830, se căsătorise Eszter devenind doamna Lajos Teleki de Szek care pleca acum de la casa părintească veselă și exuberantă. Contele Rhedey începe să o îndrume pe Klaudia să se mărite și ea dar aceasta refuză toate propunerile tatălui ei ajungând chiar să-l irite destul de mult.

În anul în care Klaudia împlini 20 de ani nervii contelui cedară țintuindu-l la pat din cauza supărării.

- Cedează odată, Klaudia, ai o vârstă!

- Niciodată, tată, știi bine. Să nu mai vorbim despre asta, acum vreau să te faci bine.

- Ba eu cred că îmi așteptați amândouă moartea, strigă el ridicându-se din pat. Dar nu o să mor, nu vei fi a acelui german căci vei fi nefericită.

- Poate că ai dreptate, tată, dar îl iubesc și nu mă pot dărui altuia. Nu te mai chinui. Cum aș putea să împart totul cu altul?

- Deci recunoști că îl iubești! spuse încet Ladislau. Cât de puternică ești, fata mea, în hotărârea ta de a cădea în prăpastie... Te-aș admira, dar nu pot. Sper să nu fiu în viață când vei cădea.

- Nu pot să cred că-mi dorești răul, spuse Klaudia cu lacrimi în ochi.

- Îți jur că nu-ți doresc răul, pe crucea aceasta jur, dar așa simt. Ești copilul meu și știu că vei suferi mai repede decât crezi dacă te-ai mărita cum dorești.

- Am locui aici, zise fata încet, știi ce fel de căsătorie ar fi.

Contele nu mai spuse nimic, se așeză pe perne și închise ochii. Klaudia ieși de la el. În altă zi, revenindu-și din slăbiciune, Ladislau îi spuse soției sale:

- Așa simt eu, o durere când mă gândesc la ei doi. Nu le vreau răul, este doar un presentiment, ceva nu e bine.

- Te înțeleg, Ladislau, o înțeleg însă și pe Klaudia. Dacă destinul ei este acest mariaj adică cum spui tu: nefericirea, atunci așa va fi dar nu te poți împotrivi la ce îți este scris pe frunte. Am obosit să fiu la mijloc. Ce pot să fac? Nu mai pot merge mai departe, iar la sufletul meu nimeni nu se mai gândește. Am pierdut doi copii, s-o pierd și pe ea? Nu pot și nu vreau! E în stare să se căsătorească la 50 de ani de va fi nevoie. Iubește și e contesă Rhedey, adică încăpățânată.

- Da, nici măcar n-a vrut o serbare de ziua ei, spuse contele. O va face la iarnă, la Viena.

Și câtă dreptate a avut. Cei doi tineri se ascundeau, se fereau de toți din jur căutând momente de singurătate. Un inel de logodnă veșnică fu pus pe lanțul medalionului Klaudiei. Se vedeau în biserica luterană din oraș pentru că acolo nu era nimeni și puteau sta în voie. Paznicul le știa povestea și identitatea însă tăcea acoperindu-i. Se săturaseră să fie compătimiți, iar în ianuarie 1833, după ce se întoarseră la Cluj, Klaudia nu-și mai putu stăvili sentimentele.

- Mamă, trebuie să-i doresc tatălui meu moartea pentru a fi fericită? Nu mă interesează timpul care se scurge decât ca o vreme irosită degeaba dintr-o încăpățânare ce durează de prea mult timp. Lumea spune că suntem cea mai frumoasă pereche în fiecare sezon, eu aș spune că suntem cea mai nefericită. Ce face tata e mult prea mult pentru sufletul meu, iar pe-al lui și-l încarcă cu mari păcate nedezlegându-mă.

CAPITOLUL 8

Balul din 1833 îi învălui în durere pe cei doi. Le trebuia multă putere, iar ei continuau să o caute. O găseau dar se usca încet şi osteneau imediat. Vara lui 1834 fu mai frumoasă, ducele o ţinea de mână pe iubita lui Klaudia şi se plimbau prin pădurile de lângă Târnava lor dragă care le ştia durerile şi le dădea speranţe.

- Am avut un vis, Klaudia, spuse ducele. M-am trezit cu inima cât să-mi sară din piept. Cred că în curând vei fi a mea, nu ştiu cum dar ne vom căsători într-un final. Şi nu departe de acest an, la anul ce va veni, cred. E un an rotund.

- Mă faci să râd. Ai uitat de tata?

- Nu, nu am uitat. Ştie că sunt aici, lumea vorbeşte. Ştie unde stau şi vezi, ţie nu-ţi spune nimic.

- Cred că îl macină teribil această situaţie, Alexander, şi e adevărat, nu mi-a mai propus niciun domn drept soţ. Cine ştie?

După plecarea lui Alexander în ţara lui, Klaudia îi destăinui mamei sale visul.

- Fata mea, şi eu am vise de acest fel şi presimţiri pe care nu le pot înţelege, dar va trece încă o iarnă peste noi.

- Ducele a plecat. Da, balurile acelea mi-l aduc pe bunul meu Alexander, spuse Klaudia împreunându-şi mâinile a rugă. Vârsta mea nu se mai mulţumeşte parcă doar cu câteva săptămâni pe an, am deja 22 de ani.

- Şi eşti frumoasă şi la fel de răsfăţată oriunde te-ai duce, spuse Agnes.

- Mamă, dacă ai şti că răsfăţul ăsta nu înseamnă prea mult pentru mine... Dar tu ştii lucrurile astea, vreau totuşi o schimbare. Poate că tata va ceda până la urmă. Suntem doi încăpăţânaţi, trebuie să cădem la pace cumva.

- Ha, Ha, râse contesa, aici nu ai dat greş, sunteţi precum spui. Eu sunt curioasă dacă va ceda cineva. Mă tem că nu tu vei fi aceea.

- Tata atunci?

Ca şi cum ar fi fost chemat, contele se apropie de ele pe o alee fin pietruită.

- Despre ce vorbiţi voi două? Ah, dar ştiu eu despre ce, am pus o întrebare greşită, doamnelor. Klaudia, ţi-ar plăcea să te logodeşti în această iarnă? Cred că este timpul.

- Nu, niciodată tată. Ştii bine acest lucru, nu-mi mai turna amar peste suflet. Contele începu să râdă bine dispus.

- Nici măcar cu acest duce? Eşti mai încăpăţânată decât mine, cedez eu. Vreau însă să ştii că rămân la presentimentul meu nefericit peste care voi trece, dar nu-l voi uita.

- Tată! Ce fericire! Trebuie atunci să scriu scrisori, zise Klaudia bătând din palme. Mulţumesc! Mulţumesc, spuse fata încă o dată sărutându-şi tatăl şi luându-l în braţe. Mamă, ai auzit?

Agnes zâmbea cu ochii spre cer, se terminase cu acest calvar. Îşi luă fata în braţe care însă se desprinse uşor şi fugi spre palat.

- Da, Agnes, răbdarea mea a luat sfârşit. Să se mărite. Va avea bani destui şi poate şi fericire, însă îţi spun sincer că mi-am dat acordul cu inima strânsă. Va fi împlinită, dar ceva ce nu pot desluşi se va întâmpla.

- Da, contesele Rhedey şi poveştile lor identice... Dar putem împiedica destinul Ladislau, mai degrabă o fărâmă de fericire decât o viaţă lungă, goală şi fără strop de bucurie, spuse Agnes.

- Sper să nu trăiesc până atunci, nu vreau să-i văd nefericirea. Să nu ne mai gândim, poate se sparge magia aceasta.

Agnes îşi luă soţul de braţ şi, pentru prima dată după multă vreme, dădură ocol parcului liniştiţi. Sus, în camera ei, Klaudia scria cu mâna tremurând prima scrisoare fericită, acoperită cu lacrimi şi sărutări calde ca inima ei. Logodna trebuiau s-o facă la Viena, nu mai era altfel cum, iar pregătirile cădeau în seama lui, apoi data nunţii şi tot ce mai era necesar. Puse scrisoarea la poştă mai iute ca zborul unui porumbel când simte furtuna.

Zilele următoare trecură greu, le numără pe cele care îi trebuiau scrisorii să ajungă şi pe cele pe care răspunsul lui Alexander trebuia să-l facă înapoi către ea. Îşi făcea probleme acum când totul era limpede. Dacă ajunge, dacă se pierde, dacă nu o poate primi la timp. Agnes râdea de toate aceste probleme din toată inima în timp ce contele era plecat la Cluj lăsându-le iarăşi singure. Scrisoarea veni iar Agnes o aştepta acum pe Klaudia să coboare.

- Uite ce am! îi spuse zâmbind mama.

- O scrisoare! izbucni râzând Klaudia în timp ce se repezea către ea.

- Nu, nu, nu, trebuie să-mi dai ceva la schimb, spuse Agnes.

- Uf, zise Klaudia râzând apoi sărutându-şi mama pe ambii obraji. Acum e a mea!

- Sigur că e a ta, eu voiam doar săruturile tale.

Klaudia nu mai aşteptă să urce în camera ei. Se aşeză pe scări şi rupse pecetea. Cuvintele de bucurie ale lui Alexander o încântară, era fericit cu adevărat ştiind-o dezlegată. Aflase şi regele, dar şi împăratul austriac, toată lumea era bucuroasă şi se plângea de lipsa timpului pentru logodna din luna decembrie ce avea să vină. „Până şi sora mea, Paulina, nefericita, s-a bucurat nespus pentru mine. Cumnatul meu m-a felicitat şi mi-a indicat luna mai pentru nuntă, spune că e plină de flori şi are dreptate. Împăratul Franz a avut şi el cu o vorbă bună pentru mine însă nevasta lui, nu. Ştii că împărăteasa Carolina Augusta a fost prima soţie a vărului meu Wilhelm? E rece asemenea unei statui sau asemenea gheţii de pe munţi iarna. Oricum, nu-mi pasă de ea. Mama e fericită aşa cum cu greu îţi poţi închipui. Sunt de acord să ne căsătorim la Sângeorgiu de Pădure. O binecuvântare în plus nu ne va strica, mai ales de la pastorul acela atât de binevoitor. Te aştept, draga mea, iar inelul îţi este pregătit deja. Cu siguranţă îţi va veni foarte bine. Ţi-am sărutat de atâtea ori mâinile încât cu greu m-aş putea înşela asupra măsurii.”

- Veşti bune, Klaudia? O întrebă zâmbind Agnes care stătea de ceva vreme privind la fiica ei.

- Poftim, zise fata, citeşte, eu voi trece drumul la pastor pentru a-l anunţa. Se va bucura cu siguranţă de această noutate.

Începu astfel un nou capitol în viaţa familiei. Klaudia zbura, nu mai păşea, era pe deplin fericită. Tatăl ei avea uneori palide umbre pe frunte, gânduri negre, dar nimeni nu le vedea. Agnes intră şi ea în caruselul pregătirilor pentru drum, pentru logodnă şi curând pentru nuntă.

Klaudia străluci la Viena, nu mai era o fetiţă, avea 22 de ani, iar frumuseţea ei era evidentă şi în plină înflorire. Purtă o tiară pe cap care i se potrivea de minune coafurii şi rochiei ce o avea, dar ea strălucea mai puternic decât pietrele diademei. Alexander, îmbrăcat în uniforma de general de husari, era mândru alături de logodnica lui minunată. Ochii lui vorbeau tuturor spunându-le că nu aşteptase degeaba. Când însuşi împăratul o felicită pe Klaudia aceasta se înroşi făcându-l pe Franz Josef al II-lea să se scuture de râs.

Urmă o recepţie restrânsă în care Ladislau vorbi minunat de bine germana spre încântarea şi amuzamentul tuturor participanţilor. Momentul emoţionant în care Alexander îi ceru mâna Klaudiei făcu două doamne să leşine, dar incidentul nu avu nicio urmare. Inelul i se potrivi Klaudiei care începu să râdă bucuroasă dându-şi bineînţeles acordul.

Viaţa era frumoasă acum, lumina zilei parcă nu era destulă pentru a recupera timpul pierdut. Eugen dansă şi el cu o Klaudie fericită făcând-o să râdă în timp ce Dorotheea dansa cu ducele. Toată lumea se bucură, iar contele Rhedey fu iertat pe jumătate pentru că cedase lăsând încăpăţânarea la o parte.

Klaudia purta tot timpul medalionul dat de iubitul ei la vedere acum, indiferent de ce rochie purta, nu-şi pusese la gât altceva în tot acel sezon de baluri. Îşi întârziară plecarea cu o lună astfel că ajunseră la Cluj pe la mijlocul lunii februarie. La Cluj urmară alte sărbători, alte bucurii şi adunări. Rudele binecuvântau momentul logodnei şi fericirea contesei celei tinere. Doar Ladislau fu surprins singur de către cumnatul său în cimitirul din oraş. Mihaly Horvath nu se apropie, îl privi doar de la distanţă. Înţelesese ce făcea Ladislau acolo: se ruga pentru prima dată la cripta familiei.

- Blestemul, şopti Horvath încet, se roagă ca el să se dezlege. Oh, Rhedey, nu te mai gândi, îl aduci aproape.

Soţul Mariei plecă după Ladislau fără să se întâlnească. De această întâmplare nu află decât Maria care nu spuse nici ea nimănui nimic, nici măcar surorii sale Agnes.

Locurile în care se născuse i se părură acum Klaudiei că-i zâmbesc mai mult. Copacii plini de zăpadă se aplecau lăsând să cadă puful alb ca pe o acceptare. Natura era alături de ea. Se jucă exact ca o copiliţă cu crengile copacilor plini de zăpadă lăsând-o să cadă peste ea chiuind de bucurie.

Agnes abia reuşea să o prindă pentru a-i putea pregăti minunatul trusou. Salonul era plin de materiale scumpe puse peste tot, acoperind încăperea, interzisă de altfel lui Ladislau, nu din răutate ci din lipsă de spaţiu. Cutiile cu bijuterii fură scoase din sipete vechi unde fuseşră puse şi lăsate la păstrare de multă vreme. Cheile scârţâiră când se întoarseră în broaştele sertarelor pentru acest eveniment, pentru Klaudia, floarea strălucitoare a balurilor vieneze.

Agnes se gândea acum la cât de gol va fi palatul după ce va pleca scumpa ei fată. Soţul ei va fi plecat mai tot timpul cu treburi, pe când ea? Se gândea însă că fericirea fetei e mai importantă.

Înainte de plecare, la începutul lui aprilie, pastorul o binecuvântă pe Klaudia pentru drumul pe care îl începea odată cu primul bici dat cailor către Viena. Tot satul fu în stradă când trăsurile se urniră grele de atâtea cufere încărcate. Emoţionată, cu lacrimi în ochi, tânăra făcea cu mâna prinzând florile de primăvară pe care le aruncau ţăranii spre trăsură.

- Parcă s-a lungit drumul spre Viena, îi spuse ea ducelui când ajunseră cu bine la destinație, și totuși am făcut cu o zi mai puțin ca altă dată.

Alexander începu să râdă deschizându-i ușa casei în care avea să locuiască familia Rhedey până la nuntă.

- Agnes, îi spuse Ladislau soției lui, mie nu-mi place Viena, aș dori să ne întoarcem imediat după nuntă acasă. Îi doresc tot binele din lume Klaudiei, dar de acum ea merge pe altă cale, nu vreau s-o stânjenim.

- Sunt de acord cu tine, dar mă doare sufletul, e singurul meu copil, răspunse soția. Mă voi supune destinului, nu voi avea ce face. Oricum, sper într-o vizită în curând.

- Fără îndoială, pastorul îi așteaptă și el. Nu o să închidă ochii până nu îi binecuvântează.

Nunta unui prinț, fie ea morganatică, este ceva minunat și plin de grandoare. Biserica fu împodobită cu flori și panglici colorate, covorul fu întins și măturat până străluci, iar altarul purta veșminte rar scoase de preoți de la locurile lor.

Klaudia refuză plină de demnitate titlul de ducesă, nu-l merita, nu avea de ce să-l poarte. Va rămâne ceea ce este, o contesă îndrăgostită până peste puteri de Alexander. Biserica se umplu de invitați din cercurile înalte ale Imperiului. Ducele fu ovaționat pentru curajul și îndrăzneala lui ca militar, dar și pentru acest mariaj, pentru ce presupunea el ca renunțare. Dar în fața lui Dumnezeu suntem cu toții egali și o primi pe Klaudia din mâna contelui Rhedey, transpus de fericire, cel puțin în aparență.

A fost o nuntă înduioșătoare care avusese nevoie de aproape 8 ani să se realizeze dar ce mai contează când scopul este îndeplinit într-un final? Balul de după ceremonie fu colorat de florile de primăvară așezate peste tot. Avusese dreptate Wilhelm I, luna mai este spectaculoasă, totul este trezit deja la viață, mirosul florilor și al teilor te îmbată atunci când te plimbi în apropierea lor, vremea e călduță și numai bună pentru iubire și vise. Primiseră o mulțime de felicitări și cadouri, servitorii despachetând multă vreme după eveniment o mulțime de lucruri care o încântară pe Klaudia.

- Nu voi uita niciodată începutul lunii mai, îi spuse Klaudia soțului ei când atmosfera se mai liniști. 2 mai este ziua noastră și suntem pentru prima dată doar noi doi. Tata și mama au plecat, rudele de asemenea.

- Până și împăratul este altul, spuse Alexander. Totul e o schimbare.

- Da, chiar și numele meu este altul, nu mai sunt Klaudia ci Claudine, nu mai sunt Rhedey ci Hohenstein.

- M-am gândit, continuă discuția ducele, să mergem acolo unde am copilărit eu. E un castel mare și frumos acolo la Kirschheim unter Teck, trebuie să vezi şi tu locurile mele, pădurile mele şi oamenii de acolo. Va veni şi Eugen, iar Dorotheea îţi va deveni cu siguranţă prietenă bună.

- Da, de-abia aştept, Alexander, nici că se putea o idee mai bună pentru o lună de miere.

Petrecuseră acolo două luni minunate de vară, iunie şi iulie, călduţe şi fericite. În aceste două luni Klaudia îşi dădu seama că în pântecele ei se află un mugure care împlinea dragostea dintre ea şi duce. Ce bucurie a fost când i s-a destăinuit acestuia.

- Ai auzit, mamă? Un copil, se va naşte un copil! spuse Alexander bucuros.

- Vă felicit pe amândoi! De acum înainte, Klaudia, va trebui să ai mult mai multă grijă de tine, iar eu voi fi din nou bunică, spuse Henriette râzând.

Agnes primi vestea aceasta fericită când tocmai se întorcea de la biserică. Contele fu bucuros şi el, iar pastorul la următoarea predică aduse vestea întregului sat.

- Un mic conte de Hohenstein e pe cale să vină, spuse el.

- Sau o contesă, spuse cineva.

- Ce-o fi, spuseră alţii.

În septembrie îşi sărbătoriră amândoi zilele de naştere şi nu le venea să creadă că visul devenise realitate. Doar la Sângeorgiu de Pădure conţii Rhedey erau trişti, niciodată nu stătuseră atât de mult departe de fiica lor.

- Klaudia ne-a uitat, spuse trist Ladislau.

- Nu ne-a uitat, însă ştii că iubirea e egoistă, nu este loc pentru a treia persoană, îi răspunse blând Agnes. Nu te mai gândi, ai făcut tot ce era de făcut, i-ai dat fiicei noastre aripi, iar acum zboară. Ce ar putea face decât să-şi folosească aripile, adică să se îndepărteze?

- Dar s-a îndepărtat mult, Agnes, iar eu sunt bătrân şi obosit. Nu sunt împăcat cu mine însumi. Mi-am călcat pe inimă pentru prima şi ultima dată. Sunt nefericit. Mă trezesc noaptea pentru că îmi bate de-mi ajunge până în creier. Nu sunt mulţumit, nu aşa mi-am imaginat viaţa către bătrâneţe. Nu e bine să-ţi faci vise niciodată. Vine un duce şi-ţi dărâmă castelul, visul. Atât eu cât şi tu am mai avut fraţi, părinţii nu au simţit ce simţim noi acum. Fata mea o să-şi crească copiii acolo şi o să-i văd când o vrea Domnul.

- Oh, Ladislau, suferi mai mult decât poţi duce.

- Da, este foarte adevărat, sufletul meu plânge de când i-am dat-o acelui duce. Am cedat, dar nu am vrut asta cu adevărat şi îmi este teamă că am făcut rău. Am o presimţire...

- Ladislau, nu te mai necăji, fiica ta iubeşte acolo unde destinul a dus-o. Nu pune negură peste focul iubirii ei, Klaudia este o adevărată torţă acum.

Contele dădu din umeri fără să răspundă, sărută mâna nevestei sale şi plecă spre palat lăsând-o pe Agnes tristă şi nefericită. Aceasta înţelesese acum faptul că Ladislau nu fusese de acord cu mariajul, ci cedase doar din iubire sacrificându-se pe sine, iar gestul nu era firesc, deci nu era bun.

Curând plecară amândoi la Cluj, măcar acolo puteau să primească şi să facă vizite. Contele Ladislau răci foarte tare, iar ceea ce credeau că e doar o simplă răceală cu puţină febră se transformă în pneumonie asociată cu o febră mare. Agnes nu ştia ce să mai facă pentru ca soţul ei să-şi revină.

- Scrie-i Klaudiei, îi spuseră rudele. E mai bine să fie aici, e deja o săptămână de când arde, iar doctorul nu e optimist deloc.

- Adică, ce vreţi să spuneţi? întrebă ea îngrijorată. Moare? Nimeni nu răspunse acestei întrebări directe, ridicau din umeri şi priveau pardoseala. Niciodată nu a fost bolnav, va învinge şi de data aceasta, şopti ea căutând sprijin în ochii cuiva. Doctorul care tocmai ieşea din camera bolnavului spuse oftând:

- Dacă nu-i scade febra va începe să delireze, nu va mai cunoaşte pe nimeni căci i se va aprinde creierul de atâta fierbinţeală. Încă e conştient.

Agnes intră iute în camera lui Ladislau şi înţelese că totul este adevărat. Acesta o privea atât de trist cu ochi sticloşi. Contesa îi luă mâna într-a ei, o fripse.

- Klaudia, şopti el.

- Îi voi scrie chiar acum să vină, şopti Agnes.

Contesa de Hohenstein primi scrisoarea la Viena şi rămase fără puterea de a mai vorbi.

- Tata e pe moarte, Alexander, trebuie să mergem! Vrea să mă vadă. Are febră de zile întregi, iar mama se roagă să fie conştient când voi ajunge eu. Spune că e foarte slăbit şi că totul a pornit de la o banală răceală. Cum e posibil?

Dar ce era de făcut? Sarcina ei nu era prea mare, astfel se aşternură la drum cu opriri dese şi nopţi dormite în trăsură. Ajunseră cu greu la Cluj la mijlocul lui noiembrie. Agnes îi primi cu bucurie pe amândoi. Klaudia intră cu sfială în camera tatălui ei. Tresări, era slab, iar ochii păreau atât de mari închişi fiind. Dormea, tresărind mereu în somn.

- Tată! strigă ea, la care contele deschise ochii.

- Fata mea, ai venit. Mulţumesc! Iartă-mă că nu am vrut... dar am nişte presimţiri... ştii... blestemul... Mi-este teamă că îl ai în tine. Vei pierde lupta, Klaudia...

- Tată! mai strigă o dată Klaudia.

Acesta însă era dus în lumea lui, respira şi aşa ştiai că trăieşte, dar mintea îi era departe.

- Doctorul spune că a rezistat foarte mult cu temperatura aceasta, i s-a încins teribil creierul. Sunt distrusă, spuse Agnes cu tristeţe şi deznădejde.

Contele muri curând şi fu adus acasă la Sângeorgiu lângă copiii lui. Agnes nu dori să meargă împreună cu Klaudia care fu nevoită să plece la drum doar cu ducele. Nefericita! Când simţea însă mici mişcări în pântece ştia că totul va trece şi va fi linişte. Contesa Rhedey plecă la sora ei, la Vinţu de Jos, pentru restul iernii. Închise palatul şi dădu drumul la trei sferturi din servitori, restul rămaseră să întreţină castelul până când Agnes avea să revină. Sau poate revenea Klaudia? Nu. Imposibil după gândurile contesei Rhedey. Era acum singură.

CAPITOLUL 9

Obosită şi cu sarcina destul de înaintată, Klaudia ajunse la Viena. Doctorul o informă că totul este bine doar că este foarte obosită, iar odihna îi este deci foarte necesară atât ei cât şi copilaşului.

- Aici la Viena e mult mai frig, Alexander, chiar dacă focul arde continuu. Mă doare sufletul, spuse ea schimbând subiectul, mama a rămas cu totul singură, are totuşi noroc cu sora ei şi cu copiii. Dragul meu palat a rămas singur. La înmormântare m-am întâlnit cu prietena mea, buna Eszter. Ea s-a căsătorit înaintea mea însa primul copil nu mai vine. Cu ea am fost la primul meu bal la Viena când aveam 15 ani. Nefericita. De atâţia ani aşteaptă un semn şi câţi doctori nu au văzut-o... Poate se va îndura Fecioara Maria de sufletul ei şi al părinţilor ei. Pe soţul ei nu-l cunosc prea bine dar aşteaptă şi el cu siguranţă. Îmi pare tare rău de ea, parcă toate sunt pe capul nostru.

- Linişteşte-te, Klaudia, şopti ducele. M-am gândit să naşti la Radkersburg, acolo clima e mai blândă, aerul e mai cald, poate e mai bine şi pentru copilaş. E iarnă grea la Viena, nici chiar balurile nu o mai încălzesc. Va trebui să fac act de prezenţă de Crăciun şi de Anul Nou şi îmi pare tare rău că trebuie să te las singură, eticheta însă mi-o cere.

- Nu e nicio durere, Alexander, nu sunt singură, am un conte aici, spuse ea arătându-şi mijlocul rotund. Trebuie să te duci, vom sărbători noi după aceea. Oricum, eu port doliu acum. Vezi tu... un om pleacă... altul vine. Cripta de sub biserică nu mai fusese deschisă de atâta vreme, iar înaintea morţilor fraţilor mei fusese sigilată din cauza ciumei. 200 de ani nimeni nu a mai mutat o piatră din cauza acestei molime. Frăţiorii mei sunt primii după atâta amar de vreme, iar acum tata.

- Klaudia, nu te mai gândi. Zilele acestea va veni şi mama, cu ea te înţelegi bine căci nu e o femeie rea. Suferă pentru Paulina, dar nu-l poţi opri pe rege să-şi facă de cap. Copiii sunt mari, Catherine are 15 ani anul acesta, cam cât aveai tu când ne-am cunoscut. Nu se va căsători oricum prea curând, va aştepta să treacă de 20 de ani.

- Îi ştiu pe copii, sunt tare drăguţi şi manieraţi, poate că îmi place mai mult de Augusta, e mai iute. Cu siguranţă ar explora pădurile să caute ouă de păsări dacă ar fi lăsată. Aş putea-o îndruma, zâmbi Klaudia.

- Crezi că numai tu? Dar nu se poate, îi răspunse Alexander. Culcă-te acum, nu te mai gândi la nimic. Nu are rost. Nu îl mai poţi trezi pe tatăl tău, iar contesa Rhedey e pe mâini bune la sora ei. Îţi promit că vei vedea Sângeorgiu de Pădure atunci când te vei înzdrăveni, iar copilaşul nostru va fi ceva mai mare. Poate în luna mai.

- Multumesc, iubitul meu soţ, eşti pansamentul de pe rănile mele.

Alexander ieşi, iar Klaudia se aşeză pe perne cu ochii deschişi, cu gândurile ei şi nici nu realiză când adormi. Se încălzise şi o toropise atmosfera. O trezi tot ducele care-i aducea cina la pat. Klaudia mâncă cu poftă spre încântarea ducelui apoi se ridică puţin.

- Mă simt bine, cred că de mâine pot lua mesele în sufragerie. E mai simplu.

- Sunt de acord dar tot vei sta destul de mult în pat pentru a te odihni, iar în salon, acoperită şi cu o carte în mână este tot ce ai nevoie acum. Ştii, cunoscuţii care merg la aceste serbări îţi simt lipsa, toţi o aşteaptă pe frumoasa mea răsfăţată. Nu mai sunt domnişoare la fel de gingaşe, iar unii domni glumesc între ei, fără a fi auziţi însă de doamne, că vor merge să-şi aleagă soţii transilvănene. Sunt cele mai atrăgătoare, spun ei. Mare minune să nu se pună pe drum cu toţii la vară, ar găsi cu certitudine la Cluj multe partide bune. Uitasem, am găsit o casă frumoasă la Radkersburg, iar în curând vom pleca într-acolo. E mult mai plăcut acolo şi vom fi însoţiţi de conţii de Wetterstein şi, bineînţeles, de mama.

Viitoarea mămică îşi petrecea timpul scriind scrisori mătuşii sale Maria. Mama ei se liniştise şi îi aştepta în vara următoare la Sângeorgiu de Pădure. Se rugau cu toţii pentru o naştere uşoară, fără multe incidente şi pentru un copil sănătos şi frumos. Agnes împreuna cu Maria, sora sa, aşteptau veşti că totul este bine şi mai ales doreau amănunte despre instalarea la Radkersburg.

Nu dură multă vreme şi cele două trăsuri plecară spre acest oraş plin de lumină şi mai cald decât în alte părţi ale Austriei. Klaudia se simţea bine chiar dacă nu se putea mişca atât de bine pe cât şi-ar fi dorit. A suportat tot drumul fără probleme, iar când ajunseră la destinaţie totul era pregătit. Cei doi bărbaţi plecară lăsând-o pe mâinile celor două doamne şi a doctorului care era informat permanent asupra stării ei de sănătate şi putea veni oricând, fiind mândru că în oraşul său se va naşte un asemenea copilaş, iar el îşi va aduce prinosul.

- Chiar este mai cald aici, chiar şi soarele stă mai multe ore pe cer. Cred ca pot ieşi fără teamă pe terasă, păcat însă că mă mişc atât de greoi. Cred că am obosit, de-abia aştept să se termine şi să îmi pot reveni şi eu.

Durerile o apucară la sfârşitul primei săptămâni din februarie, dureri uşoare, dar ca un mic semnal că cineva nu mai are răbdare să iasă. Putea încă să se odihnească între aceste dureri. Doamnele scriseseră îndată la Viena, iar ducele veni pe dată însoţit de Eugen. Doctorul era mulţumit şi venea să-şi viziteze pacienta de două ori pe zi. Copilul începu să-şi facă mai bine cunoscută prezenţa în data de 10 februarie când Klaudia nu mai reuşi să se ridice din pat, moment în care doctorul îl scosese pe duce din cameră. Acum acesta ieşi ascultător împreună cu prietenul său Eugen afară. Când cei doi revenirǎ Klaudia încă nu născuse. Ducesa Henriette şi Dorotheea erau alături de Klaudia în camera ei. Născu uşor chiar dacă avu ceva dureri înainte. Era o frumoasă fetiţă.

- Ce bine că e fată, strigă Alexander, o va chema ca şi pe mama ei.

- Îţi seamănă tare bine, e ca şi tine când erai mititel, spuse ducesa Henriette. E un copil sănătos care a chinuit-o puţin pe mamă, dar acum Klaudia e bine, doar epuizată de acest efort. Copilaşul este deja la doică, poţi s-o vezi dacă vrei.

- Dacă vreau, mamă? Zbor!

Alexxander fu încântat de fetiţa lui. „Ce micuţă este!" se mira el în sinea lui, de-abia avu curajul să o ia în braţe căci îi era puţină teamă, iar asta a fost spre hazul celor din jurul lor.

- Vei mai ţine şi alţi copii în braţe, Alexander, îi spuse Eugen, aşa e prima dată.

- Da, ai dreptate, să ieşim acum căci deranjăm pe aici. De-abia aştept să-mi văd soţia când se va trezi. Doctorul spune că totul a decurs normal, iar proaspăta mămică se va recupera repede. Este de părere că spre mijlocul lunii martie aş putea să le duc la Viena sau acasă la mama. E mai multă linişte, dar mai departe.

- Cred ca mai târziu veţi ajunge la Kirchheim unter Teck, dragă Alexander, îi răspunse Eugen, oricum veţi primi doar vizitele familiei, aşa am făcut şi noi cu cei doi copii ai noştri.

Cât de fericită o găsi Alexander pe Klaudia alături de micuţa lor dragă, parcă era mai frumoasă aşa palidă şi obosită cum era. Cei doi se îmbrăţişară îmbătaţi de dragostea lor în timp ce Alexander îi şoptea încă o dată numele fetiţei lor: Claudine.
- Da, iubitule, dar trebuie să mai punem şi alte nume pe lângă acesta. Ne vom gândi mai târziu, primul e destul pentru astăzi.

Timpul trecea în micuţa staţiune Radkersburg, iar cele două se simţeau din ce în ce mai bine, pregătite fiind pentru a face drumul înapoi la Viena. Se întâmplă să fie într-o zi călduţă de sfârşit de martie când ducele își duse comorile acasă unde totul trebuia pregătit pentru botez. La primul nume cei doi părinți mai adăugară încă trei, astfel fetița deveni Claudine Henriette Marie Agnes de Hohenstein. Copila nu plânse deloc la biserică în timpul ceremoniei de botez, fu tare ascultătoare ca și cum ar fi înțeles ce se petrece. Klaudia își revenise și ea și era la fel de frumoasă ca înainte. Mijlocul îi era la fel de subțire spre uimirea gurilor clevetitoare aflate la biserică în acea zi.

Fetița primi multe daruri care nu o interesau deocamdată prea mult, dar îi făcu pe părinți să zâmbească tuturor. Plecară apoi în castelul ducesei pentru ca fetița să stea la aer curat și să fie pregătită să-și vadă bunica din Transilvania. Știindu-le bine instalate pe cele trei doamne ale sale, ducele plecă la treburile lui. Programaseră vizita la cealaltă bunică pentru lunile august și septembrie când Claudine avea să fie mai mare și mai puternică.

Până atunci joaca și veselia puseseră lanțuri de râsete argintii pe castelul din Kirchheim. De mult nu se mai auziseră gângureli de copil, iar ducesa își retrăia tinerețea.

- Klaudia, spuse ea într-un moment liniștit, odată cu nepoțica mea mă văd mama din nou. Știi bine că am mulți nepoți, dar acest copil al lui Alexander e mai aproape parcă de inima mea. Soțul tău, fiind cel mai mic, parcă a copilărit mai mult în sufletul meu, poate pentru că a fost ultimul nostru copil . Am suferit mult după moartea ducelui, soțul meu, iar Alexander nu era prea mare atunci, am avut tendința să îl protejez chiar și când nu-l aveam lângă mine. El a dus o viață mai milităroasă de copil, am suferit în tăcere dar acest lucru și l-a dorit foarte mult, iar eu l-am respectat. De fapt noi, femeile, nu prea avem ce face, singure ne facem viața frumoasă, iar nu ajutate neapărat de soții noștri.

- Vă referiți la Paulina? întrebă sfioasă Klaudia.

- Și la ea, dacă vrei. Este regină, are trei copii frumoși dar este singură. Știu că este foarte nefericită și că îi trec greu zilele, mai ales că relația cu soțul este doar una protocolară. Vezi tu, actrița aceasta e mai fericită decât fiica mea, are bani, lux, companie, o mulțime de cunoștințe și face tot ce îi face plăcere. O apreciez pentru un singur lucru: nu trăiește la curte și nu e întreținută de Wilhelm. Cred că asta i-a plăcut și lui cel mai mult la ea. Nu costă, dacă pot spune asta. Nu neg că e frumoasă, iar teatrul i-a dat niște informații și modele de comportament pe care noi femeile cinstite nu le putem avea, ne împiedică onoarea. Onoarea o împiedică pe fiica mea să țipe și să se răzvrătească mai ales că această Amelie are 31 de ani, iar fiica mea cu 5 ani mai mult, totuși nu e o mare diferență. Nu e tânără și proaspătă, dar cunoaște oamenii mai bine și are darul de a-i atrage, Wilhelm căzându-i ușor în plasă.

- Îmi pare foarte rău, răspunse încet Klaudia.

- Să nu-ţi pară mai mult decât trebuie, fiecare are destinul său. Uită-te puţin în spate la tine şi soţul tău, cât chin! Şi cine ştie ce vă rezervă ziua de mâine? Ştii că Alexander este militar, oricând poate izbucni vreun conflic în Imperiu, iar el, ca duce, trebuie să dea exemplu. Conversaţia se întrerupse puţin pentru că doica o adusese pe Claudine. Fetiţa aceasta seamănă pe zi ce trece tot mai mult cu tatăl ei. E o scumpete de fetiţă, o să-mi fie dor de ea când veţi pleca în vizita aceea lungă. Vă veţi întoarce însă curând.

Klaudiei îi trecu prin minte să o invite şi pe ea în călătoria către Transilvania, dar se opri şi tăcu. Era mult sub rangul unei prinţese să meargă la o contesă la capătul Imperiului, dar îi zâmbi Henriettei şi îşi coborî privirea spre Claudine.

Trecură astfel zilele, săptămânile şi lunile cu vizite scurte ale ducelui care era uimit de cât de repede creştea fiica lui. Contesa Wetterstein le călca pragul destul de des aducându-le noutăţi şi binedispunându-le cu râsul ei clar şi mulţumit. Era întotdeauna aşteptată şi bine primită. De obicei venea singură, dar de câteva ori îşi aduse şi copiii care se jucară în parcul castelului nestingheriţi. Doamnele de la Kirchheim îi întorceau de asemenea vizitele în funcţie de vreme şi de dispoziţia Claudinei.

- Uite, astăzi am venit odată cu scrisorile, spuse ea într-o zi râzând.

- E una pentru mine de la mama, spuse Klaudia desfăcând-o şi începând s-o citească febril ca întotdeauna. E acasă acum, unde ne pregăteşte o primire minunată. Îmi povesteşte de pastor care e cam bolnav, săracul de el, iar acum are un ucenic. Are însă şi o veste bună, prietena mea Eszter este în sfârşit însărcinată! După 6 ani! E secret însă, Eszter vrea să-mi facă o surpriză. Cât a aşteptat săracuţa de ea, dar a fost binecuvântată într-un final. Toată lumea o protejează şi o îngrijeşte ca pe un pui de găină abia ieşit din ou. E singurul copil la părinţi, familia Bethlen, iar acest copilaş este aşteptat de multă vreme. De-abia aştept să o văd şi să mă prefac surprinsă, zise Klaudia râzând.

- În curând, draga mea, mai sunt câteva săptămâni şi va veni luna august, spuse ducesa. Atunci eu voi rămâne singură aşa cum e acum mama ta.

- Dar ne vom întoarce în septembrie, atunci Claudine va avea 7 luni. Ce mare fetiţă am! spuse Klaudia sărutându-şi fetiţa.

- Îi trebuie un frăţior, râse Dorotheea. Când sunt apropiaţi ca vârstă e mai bine. Eşti refăcută acum Klaudia, poţi să îţi doreşti un băieţel care să semene cu tine. Claudine e fiica tatălui său, e asemenea lui din cap până în picioare însă un băieţel cu frumuseţea ta ar fi o dulceaţă de copil.

- Iar mai apoi un bărbat râvnit, concluzionă ducesa fără să continue că ar fi frumos, dar cu un statut şi cu o avere mediocre. Cine s-ar uita la un aşa domn?

Cele două femei, mai tinere, care toată viaţa lor fuseseră contese şi nimic mai mult, nu sesizară diferenţa dintre un conte de Hohenstein şi un fiu dintr-o căsătorie normală, politică a ducelui Alexander de Wurttenberg. Ducesa Henriette nu lăsă însă niciodată să-i scape vreun gest sau vreun cuvânt dureros şi nelalocul lui cu privire la situaţia creată de acest mariaj, chiar dacă pe ea o durea această realitate, ea fiind prinţesă prin naştere. Primise o lecţie pe care o învăţase din viaţa fiicei sale, regina. Avea o coroană, dar şi un sac de nefericire pe tron lângă ea, mai ales când era în loja regală la teatru privind cum soţul o sorbea din ochi pe acea actriţă, reuşind însă, cu greu, să-şi stăpânească mâhnirea şi lacrimile. Biata Paulina!

Klaudia trăise momente plăcute la Kirchheim unter Teck, ducesa era amabilă, educată, avea gusturi alese şi nu o tratase niciodată cu lipsă de respect sau cuvinte usturătoare. Respecta iubirea mezinului ei pentru o fiinţă atât de plăcută astfel că se despărţise cu inima strânsă la 1 august când ducele plecă spre Ardeal cu familia lui şi când zări ultimul zâmbet cu dinţisori ai Claudinei.

Drumul nu a fost obositor, nopţile le petreceau în hotelurile sau hanurile aflate în cale, aşadar se puteau odihni în voie. Ajunseră într-o după-amiază la Sângeorgiu de Pădure unde lumea era toată adunată pe drum în frunte cu pastorul lor drag. Acesta purta baston şi se vedea că este suferind.

- Fiica mea, spuse acesta, nu m-a chemat Domnul la El înainte de a-ţi da binecuvântarea, ţie şi familiei tale.

Klaudia îi sărută mâna şi îi puse o mânuţă de-a fetiţei în palma lui bătrână. Pastorul zâmbi, apoi sărută acea mânuţă dolofană şi rozalie. Agnes îi primi cu lacrimi în ochi în faţa palatului preferând să nu strice întâlnirea dintre pastor şi fiica sa. Îşi luă în braţe nepoţica şi o sărută din toată inima, iar Claudine fu încântată de această primire chicotind şi arătându-şi dinţişorii.

- Bine aţi venit! Intraţi înăuntru, sunteţi atât de obosiţi. Ce fericire să vă am aici pentru câteva săptămâni!

- Oh, mamă, cum ne-au mai primit sătenii! Am simţit aceeaşi dragoste şi acelaşi devotament, iar pastorul...

- Bietul părinte, e atât de bolnav, nu a vrut să plece fără a te vedea. L-a ascultat Dumnezeu, spuse Agnes.

În tot acest timp bagajele le erau urcate la etaj, într-un dormitor mare şi luminos ce dădea spre pădure.

- Klaudia, zise ducele, ai observat că uşa de la cabinetul tatălui tău e ferecată cu nişte lacăte, iar în dreptul ei este un ghiveci imens cu o plantă ornamentală? Cred că acolo nu se va mai intra niciodată.

- Îmi aduc aminte că acea încăpere mai are o uşă, poate că pe acolo se poate intra. Vom avea timp să explorăm totul, deocamdată să ne bucurăm din toată inima de vizită. Aici e mai cald decât la noi în Kirchheim, Claudine se va bucura de multe plimbări în aer liber. Îmi face plăcere să aud de la majoritatea oamenilor că îţi seamănă, ea este într-adevăr o ducesă, chiar dacă nu are coroana. Se va căsători şi poate o va obţine chiar dacă este inferioară în rang, fiind născută dintr-o căsătorie morganatică. Ştii, mă gândesc deseori la astfel de lucruri.

- Nu o mai face, iubirea mea. Este adevărat că nu vor fi înzestraţi cu mari averi, dar poate că se vor compensa cu fericire.

- Poate ai dreptate, Alexander, sunt foarte sensibilă, mai ales în ţinutul în care m-am născut. Ne-au primit atât de bine, iar bunul pastor avea pecetea morţii pe fruntea lui îngălbenită. Mă aştept să închidă ochii curând. A aşteptat venirea noastră, ne-a binecuvântat în felul lui simplu, iar acum nu mai are nicio misiune de îndeplinit pe pământ, poate pleca în cerurile albastre. Ai văzut, are şi un înlocuitor tânăr care sper să fie la înălţimea înaintaşului său minunat.

Dimineaţa, odihniţi cum trebuie, plecară să cutreiere locurile pe care le luaseră la pas înainte. Nimic nu era schimbat, totul era la locul lui, fiecare ramură foşnea acelaşi cântec, iarba creştea la fel de parcă nu trecuse timpul. Totul era real şi etern. Klaudia, rezemată de un copac drag ei şi regăsit acum, visa cu ochii închişi.

- Oare am mai fost pe aici? se întrebă ea cu voce tare. Palatul e la fel, camerele sunt la fel, totul e nemişcat, doar păsările zboară pentru a ne reaminti că totul trece. Ele vin, apoi pleacă, scot alţi pui, îşi construiesc alte cuiburi, mor şi ele, bietele vietăţi, din cine ştie ce dureri neînţelese de sufletul omenesc. Când eram mică, în această pădure locuia retras un pustnic într-o colibă. Bătrân mai era. Cunoştea toate treburile pădurii. Animalele mici veneau şi-i lingeau mâinile obosite. Tata mi l-a arătat de departe, iar eu am reţinut locul. Să tot fi avut vreo 70 de ani, bătrânul. Oare mai trăieşte? Cine ştie? îşi răspunse tot ea. Într-o zi m-am dus acolo aproape de coliba lui, nu voiam să mă vadă, dar m-a simţit şi mi-a făcut semn să mă apropii. A ştiut că sunt fata contelui fără ca eu să deschid gura. M-a luat în coliba lui mică unde pe laviţă dormea un iepure care s-a dat la o parte când el i-a făcut un semn. Atunci m-am aşezat eu. Totul era atât de mic: o masă cu trei picioare, două scaune, săculeţi cu tot felul de plante, o sobă micuţă pe care fierbea ceva. Când mâncarea a fost gata mi-a dat şi mie. Ne-am aşezat amândoi la masă pe cele două scaune după care mi-a spus că nu are în fiecare zi onoarea de a mânca în compania unei contese.

Eu i-am pus, copilă fiind, o întrebare fără ocolişuri care cred că i-a atins inima: l-am întrebat dacă au mai fost dăţi în care a mai luat masa cu alte contese. S-a ridicat de la masă, a zâmbit, şi s-a întors cu faţa spre gemuleţul colibei. A dat din umeri şi s-a întors la masă întrebându-mă dacă îmi place mâncarea. Era bună şi am spus că da, apoi am mulţumit şi am fugit. M-a oprit însă spunându-mi să mai vin şi altă dată. Am promis şi m-am ţinut de cuvânt până într-o zi în care tata a descoperit unde mă duceam. Îmi pierdusem o panglică pe care o văzuse la mine. Atunci a intrat în colibă, m-a luat blând de mână şi am plecat. Nu a vorbit nimic cu pustnicul, dar eu nu am mai fost la el niciodată. Sunt 12 ani de atunci. Oare mai trăieşte?

- Ai vrea să mergem să căutăm coliba? întrebă ducele. Dacă el e mort poate că i-a rămas totuşi adăpostul. Poate totuşi era mai tânăr şi cred că e posibil să se fi cunoscut cu tatăl tău.

- Şi eu cred că se cunoşteau. Pădurile sunt ale noastre, doar cu acordul tatălui meu putea sta acolo. Cred că o să-mi vină uşor să mă orientez căci cărările nu sunt astupate. Ia-mă de mână şi să pornim.

Drumul prin pădure nu fu greu, parcă cineva le avea grija. Uneori trebuiau să mai dea crengi la o parte sau să se aplece, alteori ieşeau în luminişuri sau în poieniţe verzi cu floricele cât nasturele.

- Ce frumos este, Klaudia! spuse ducele fericit asemenea copiilor când privesc mai multe dulciuri decât în mod normal. Mi-ar plăcea să ne rătăcim.

- Nu se va întâmpla asta, zise Klaudia râzând. Uite coliba! Pare locuită, chiar nu-mi vine să cred. Să ne apropiem. Miroase a fum. Mama nici nu ştie cine îi locuieşte pădurile, tata cu siguranţă nu i-a spus la Cluj nimic în ultimele lui zile.

Cu multă atenţie ajunseră lângă uşa colibei. Bătură şi le răspunse o voce de bărbat bătrân. Acesta veni la uşă deschizând-o. Tresări.

- Eu sunt fetiţa de acum mulţi ani în urmă, contesa. Tu eşti neschimbat însă. Făceai mâncare bună. El este soţul meu, Alexander. Ne primeşti?

Bătrânul se dădu în lături şi le făcu loc. Totul era la fel, focul, soba pe care fierbea ceva, scaunele, măsuţa, precum şi lucruşoarele mărunte din jur.

- Rămâneţi la masă. Mă bucur că ai revenit, iar eu sunt în viaţă, spuse bătrânul întorcându-se către Klaudia. Dumnezeu te-a adus. Tatăl tău, contele, a murit?

- Da, a murit în noiembrie, îi răspunse Klaudia.

- Înţeleg, spuse încet bătrânul. Aşezaţi-vă pe laviţă, sunteţi tare frumoşi şi vă potriviţi.

CAPITOLUL 10

Cei doi se aşezară unul lângă altul ascultători.

- Soţul meu e ducele de Wurttenberg, spuse Klaudia voind să-l prezinte cumva pe Alexander. Tata nu a vrut să ne căsătorim din cauza rangului meu inferior, dar este o căsătorie din iubire. Soţul meu a renunţat la multe pentru mine.

- E mai bine aşa, spuse bătrânul. Acum că eşti mare şi poţi înţelege vei putea pune întrebări. Nu e normal să locuiesc aici de atâţia ani. Dumneata, duce, ai făcut cea mai bună alegere pentru că dragostea ţi-a fost împărtăşită, altfel trebuia să te căsătoreşti cu o prinţesă de rangul dumitale şi poate erai nefericit. Aveai poate mai multe resurse, iar copiii tăi mai multe drepturi însă ...

- Nu le spui rău, bătrâne, şi nu cred că te-ai pustnicit chiar din plăcere, ai avut cred o durere mare. În ce mă priveşte, nu eram un prinţ moştenitor, vărul meu şi latura lui e la putere, tatăl meu era al doilea, deci copiii fac parte din familia regală dar nu ajung decât din cauza unor accidente regi. Pe Klaudia o ador, mi-a furat inima de ani buni, însă tatăl ei nu a fost de acord să ne căsătorim decât târziu. Au trecut mulţi ani până s-a împlinit acest vis al nostru, iar acum avem o fetiţă. Tocmai ce am venit de la Viena de puţină vreme. Bătrânul dădu încet din cap şi zâmbi aducându-şi aminte poate de viaţa lui.

- Ai dreptate, duce, nu sunt un pustnic adevărat, dar m-am împăcat cu viaţa mea de multă vreme, iar acum chiar îmi place cum trăiesc. Nu aş mai putea să mă reîntorc în lume, iar familia mă ştie dispărut. Contele ştia de mine, dar ne lega un jurământ pe care tu, fetiţo, erai gata să-l strici, dar oricum nu avea importanţă. Haideţi la masă, vă văd curioşi. după ce veţi fi sătui poate că veţi asculta povestea unui om care a spus-o doar pădurii şi nimănui altcuiva. Lumea mă cunoaşte aici drept vraci, cred că rădăcinile şi plantele pe care le culeg fac bine multora. Chiar de mult nu am mai avut oaspeţi la masă.

Cei trei mâncară şi le plăcu mâncarea. Klaudia chiar exclamă surprinsă:

- E acelaşi gust ca pe vremuri, e minunat! Găteşti la fel de bine şi chiar îmi era dor. De aceea trăieşti mult pentru că mănânci tare simplu şi sănătos şi nu faci excese de niciun fel.

- E adevărat, uneori nici nu mănânc. Oamenii îmi aduc bani, dar eu nu am la ce-i folosi, îi ţin într-o lădiţă. Mereu îi refuz, dar ei insistă, iar eu sunt nevoit să-i iau până la urmă. Banii distrug totul în viaţă chiar dacă acum viaţa nu se mai poate lipsi de ei. E un paradox. Dar mâncaţi, iar ori de câte ori veniţi pe aici să mă vizitaţi şi pe mine, cine ştie cât oi mai trăi şi eu pe aici.

După ce mâncară bătrânul strânse imediat totul, lăsând pe mai târziu curăţarea veselei sale atât de curate şi de simple.

- Acum puteţi să-mi ascultaţi povestea în linişte. Nici nu ştiu de ce vreau să dezgrop nişte lucruri închise între lespezi de mormânt de atâta vreme, poate pentru că aveţi inima curată. Văd că zâmbiţi, mă bucur. Sunt un nefericit care a lăsat viaţa din cauza dragostei. Nu am mai ieşit din pădurea asta din anul 1807 şi atunci am făcut-o pe furiş şi nimeni nu m-a văzut. Sunt contele Adam Rhedey, Klaudia, vărul tatălui tău. Pot dovedi acest lucru căci am toate actele aici în colibă. Uneori, dar foarte rar, mă mai uit la ele.

- Oh, ce întâmplare, ce destin! spuse Klaudia încet, dar iartă-mă, am spus că vom tăcea.

- Da, spuse bătrânul, tatăl meu este frate sau mai bine-zis a fost frate cu Mihaly Rhedey, bunicul tău, fetiţo. Tatăl meu era mai mare cu nouă ani decât el. Am mai avut un frate, dar şi el a murit pe undeva: Ferenc. Neamul tatălui meu s-a dus, nu i-a dat Domnul nepoţi. Eram un tânăr fericit, mereu am fost o fire veselă, îmi plăcea să călăresc, să trăiesc viaţa din plin, aveam şi bani pe atunci şi nu eram nici urât. Am lăsat multe mariaje să treacă, căsătoria nu era încă pentru mine, lăsam timpul să treacă nestingherit şi într-un final s-a răzbunat crunt pe mine. Unchiul Mihaly s-a căsătorit cu baroana Terez Banffy destul de târziu, el să tot fi avut vreo 45 de ani, iar ea de-abia făcuse 9, dar aşa era pe atunci. Fetele se măritau repede, neştiutoare. Eu aveam 10 ani şi priveam la acea fetiţă nu ca la o mătuşă ci ca la un partener de joacă. De altfel, baroana arăta cu câţiva ani mai mare, era înăltuţă şi bine construită, dar totuşi tatăl tău era în vârstă pentru ea. Aşa au dorit însă familiile şi aşa s-au născut copiii. Ştiu că primul venise imediat însă ceilalţi au venit după vremuri mai îndelungate. Practic am crescut împreună, tatăl meu murind în 1768. Făceam mereu vizite în casa unchiului meu. A venit apoi vremea să plec în rândurile armatei, a venit tăvălugul vieţii, iar drumurile noastre s-au despărţit pentru o vreme. Mie îmi plăcea uniforma, iar femeilor şi mai mult astfel că m-am distrat vizitându-mi însă rudele destul de rar dar nefiind totuşi un nerecunoscător. Unchiul Mihaly, rămânând fără tată la doi ani şi fără mamă la 18, ştia ce înseamnă să creşti orfan, poate de aceea s-a căsătorit aşa de târziu. Fratele lui, tatăl meu adică, a murit când eu aveam doar 11 ani, astfel îmi explic atenţia lui pentru familia văduvei fratelui său. Am revenit acasă atunci când împlinisem 30 de ani. Pe Terez, mătuşa mea, nu o urâţiseră cele cinci naşteri, din contră, înflorise. Ea avea 29 de ani pe atunci, iar unchiul Mihaly 65 de ani, era un om bătrân. Devenise răutăcios şi gelos pe oricine chiar dacă Terez nu călcase strâmb niciodată şi-i făcuse atâţia copii. Mă primi rece şi mă întrebă cât stau. I-am spus că nu prea mult. Atunci se linişti. Stăteam mai mult în camera mea, iar când ieşeam străbăteam pădurile în care suntem acum. Vezi, le cunosc atât de bine. Într-una din plimbări am auzit plânsete cu sughiţuri şi suspine în apropierea locului în care mă aflam atunci. Era Terez stând lipită de un copac. S-a speriat când m-a văzut şi mi s-a aruncat în braţe. Atunci am simţit că inima mea bate, bate pentru o femeie mai tânără, dar care-mi era mătuşă şi mamă a cinci copii, soţia unchiului meu. Nu a mai contat nimic în acele clipe ale lui 1785. Terez mi s-a confesat, era nefericită, măritată copil, fusese veselă şi plină de viaţă din obligaţie, din datorie. „Acum", spunea ea, „dacă întorc timpul îmi dau seama că eu la 10 ani, o copilă, îmi creşteam propriul copil. Am fost sclava soţului meu Adam." Puţină lume a ştiut de dragostea noastră, iar eu nu m-am mai căsătorit. Aşteptam ca destinul să se împlinească. Eram discreţi cât puteam. Mama mea ştia, dar m-a lăsat să fac ce doresc săraca, credea că Mihaly nu ştie nimic. Povestea noastră de dragoste ascunsă a mai durat 6 ani în tihnă, adică până când unchiul meu a murit, nu însă înainte de a ne chema pe rând şi a ne spune că ştie tot. Pe ea a blestemat-o atunci, căci fusese o contesă Rhedey necredincioasă. Eu nu am putut să-i spun decât că îmi pare rău şi că poate doar vârsta ne-a făcut să cădem unul în braţele celuilalt. A zâmbit şi mi-a spus că avem noroc că nu ne cunoaşte nimeni secretul. Doar mama, i-am răspuns. A schiţat iar un zâmbet spunându-mi că ea va ţine bine secretul în sufletul ei. Am ieşit apoi. Nu a mai durat mult şi a murit. Terez parcă se liniştitse, dar nu mai dorea să se recăsătorească. Am acceptat relaţia exact aşa cum mi-a propus-o până când tatăl tău, contele Ladislau Rhedey de Kis-Rhede a aflat şi m-a alungat la fel de discret fără să îmi pot lua rămas bun de la bunica ta. Am colindat multă vreme lumea, curtea de la Viena, dar nu mi-am găsit liniştea. Locuiam cu mama care era bucuroasă că mă întorsesem la ea şi că această relaţie periculoasă se sfârşise cumva. Curând a murit şi ea, blânda mea mamă apoi imediat şi fratele meu. Rămăsesem cu ceva avere, dar complet singur. În anul 1800 împlinisem 50 de ani, iar de viaţa mea nu se alesese nimic. Am avut îndrăzneala să particip la Şincai la înmormântarea Terezei, nimeni nu m-a alungat. Cum ar fi putut? Acest lucru s-a întâmplat atunci când aveam 57 de ani, într-un martie friguros şi plin de zăpadă şi viscol. Am plecat imediat de la ceremonie, nu mai ţineam deloc la viaţă, nimic nu mă mai ţinea agăţat de ea. Tatăl tău, Ladislau, m-a vizitat într-o zi în casa noastră şi m-a întrebat ce am de gând să fac. Nu ştiam ce să îi răspund, am dat din umeri. Mi-a cerut să mă pocăiesc, iar eu i-am răspuns sincer că îmi este indiferentă viaţa fără Terez. A plecat nemulţumit că am adus vorba despre mama lui dar a revenit însă curând sfătuindu-mă să vând tot, să-mi iau lucrurile pe care le doresc şi să-l urmez. Aşa am făcut şi m-am trezit proprietarul acestei colibe. Bani am destui şi nimeni nu mă cunoaşte. Am învăţat să mă gospodăresc cu ce-mi dă pădurea şi nu am cheltuit nimic din ce am primit pe ce avusesem. Vărul meu, Ladislau, mai trecea uneori pe aici, credea că voi muri curând, că voi fugi până la urmă sau că nu voi face faţă situaţiei mele de acum. A fost uimit că te-a găsit la mine, dar a ştiut că nu am vorbit nimic, iar tu nu ai mai venit pe aici de atunci.

- Este adevărat, nu am mai fost pe aici, iar apoi am apucat-o pe drumul meu în viaţă. Acum înţeleg de ce atunci când a murit tata mi-a vorbit despre blestem, credea că eu urmez sub cupola lui înnegurată, de aceea nu a vrut să mă căsătoresc decât pe aici pe aproape de el. A murit totuşi foarte curând după nunta noastră, îl întrerupse Klaudia pe bătrân.

- Se poate să aibă dreptate sau poate nu. Ştiu că Terez a fost blestemată de soţul ei, mi-a confirmat chiar atunci, dar nu cred în preluarea destinului de la o contesă Rhedey la alta.

- Am să vorbesc cu mama dacă te învoieşti, continuă Klaudia, ai putea sta la palat, ea e singură şi îi eşti verişor prin alianţă.

- Poate că aş putea sta şi la palat, dar retras şi între lucruri simple căci nu mai sunt obişnuit cu luxul sau condiţiile normale de trai, apoi identitatea mea de Adam Rhedey nu mai există, s-a pierdut de mult timp. Sunt trecut de 80 de ani. Poate că aş vrea să văd mormântul Terezei, să ştie că i-am fost credincios.

- Am să vorbesc atunci cu mama, va fi uimită şi bucuroasă în acelaşi timp, spuse Klaudia ridicându-se pentru plecare.

- Stai, nu pleca încă, zise Adam. Să-ţi arăt ceva. Bătrânul se duse într-un colţ şi scoase o casetă destul de mare plină cu acte, bijuterii şi bani. Ia-o, spuse el. Ţi-o dăruiesc. Să ştii că nu-ţi voi purta pică dacă nu te vei mai întoarce pe aici.

Nici vorbă însă de aşa ceva. Salonul se umplu de lucrurile din casetă, acte vechi, pungi cu bani, cutii cu podoabe scumpe şi de asemenea vechi. Agnes hotărâse imediat venirea bătrânului la palat, iar caseta îi fusese aşezată intactă în aripa nelocuită a clădirii. Bătrânul putea să se plimbe nestingherit şi să coboare în sânul familiei doar dacă dorea.

Slujitorilor li se explicase totul şi li se ceru discreţie, oricum nu mai erau mulţi căci Agnes îi concediase după moartea soţului pe mulţi dintre ei.

După venirea bătrânului nici că puteai spune că mai locuia o persoană în palat. Mereu făcea drumuri la coliba lui de parcă ar fi uitat câte ceva pe acolo. Oamenii îl vedeau doar la biserică cu ochii aţintiţi asupra criptei familiei Rhedey. Pastorul cel tânăr îl primi şi el cu drag după ce-i cunoscu povestea.

Cât despre Klaudia, Claudine şi duce, aceştia se bucurau încă de vară. Trebuiau să plece înapoi pe la mijlocul lui septembrie, mai aveau deci timp astfel că o vizitară pe Eszter, viitoarea mămică de la Şarpatoc. Aceasta era atât de fericită şi de mândră cum nu îşi puteau închipui oaspeţii.

- Nu-ţi poţi imagina, Klaudia, după atâţia ani aştept primul copil, sper să fie băiat căci l-ar bucura pe Lajos. Ai o fetiţă tare frumoasă, îi seamănă mult tatălui său. Eu sper să ne mai dăruiască Domnul copii căci eu una îmi mai doresc. Dar tu?

- Şi eu, spuse Klaudia însă eu de-abia am născut în februarie şi chiar nu îmi place frigul.

- Nici mie, să ştii. Îţi mulţumesc pentru scrisorile tale de îmbărbătare, au avut succes, spuse Eszter bucuroasă.

- S-a întâmplat pentru că ai crezut în tine, iar nu din cauza lor, îi răspunse tot cu veselie Klaudia făcând-o pe Eszter să râdă ca pe vremuri.

- O vizită minunată, aşa a fost mamă, zise Klaudia către mama sa. Eszter e fericită şi destul de înaintată în ceea ce priveşte sarcina. Ea spune că va naşte în noiembrie, dar ştii prea bine că aceste lucruri nu sunt sigure niciodată. De ce stai pe gânduri? întrebă Klaudia văzându-şi mama abătută.

- Curând veţi pleca şi parcă îmi pare rău căci nu m-am săturat de voi. E adevărat, de acum nu mai sunt singură, ce poveste, dar nu este la fel cu a fi cu voi. Am să aştept scrisorile voastre cu mare nerăbdare.

- Mamă, spuse Klaudia luând-o în braţe, eşti asemenea unui copil bosumflat. Curând vom reveni şi apoi mai este o săptămână în care te mai poţi juca cu nepoţica ta cea frumoasă.

Săptămâna ce urmă fu plină de plimbări în acele locuri de basm: pe malurile Târnavei, prin parc, prin păduri dar ocolind coliba secretă. Cu o seară înainte de plecare, la uşa camerei Klaudiei bătu uşor cineva. Ducele se ridică şi deschise uşa. Era Adam.

- Ştiu că mâine plecaţi şi m-am gândit să-mi iau rămas bun de la voi. Ţi-am adus acestea, Klaudia, sunt bijuteriile mamei mele. Ia-le şi poartă-le căci sunt frumoase şi veritabile.

- Pentru mine? Mulţumesc din tot sufletul, am să le port cu drag ori de câte ori voi avea ocazia. Sunt foarte frumoase.

- Uite acesta, spuse bătrânul arătând către un inel, aparţine bunicii tale, Terez. Multă vreme l-a mai căutat bunicul tău însă el a stat aproape de inima mea. M-am gândit să mă duc la mormântul ei cât mai am putere căci nimeni nu mă cunoaşte, toţi sunt morţi de mult şi nici distanţa nu e mare. Voi mai avea oricum timp să cuget la acest lucru. Faptul că stau acum aici este ca un fel de recunoaştere a mea, sunt un conte Rhedey până la urmă chiar dacă nimeni nu ştie. Cu bine! Odihniţi-vă cu toţii şi aveţi grijă de micuţa Claudine. E tare frumoasă.

Bătrânul plecă închizând usurel uşa în urma lui. A doua zi închideau şi uşa palatului Rhedey din Sângeorgiu şi plecau spre Kirchheim. Fusese tare frumoasă vacanţa lor şi mai ales plină de surprize plăcute. Îşi încărcaseră sufletele cu multă energie şi pace. Ardealul era medicamentul pe care-l luau în măsuri mici cât să le ajungă multă vreme. Claudine crescuse în aceste aproape două luni şi era frumoasă şi răsfăţată ca un pisoi mititel. Făcură mai multe opriri, una dintre ele în faţa palatului familiei din Cluj, dar Klaudia nu intră, nu avea rost să sperie servitorii ce nu aşteptau pe nimeni.

- Alexander, aici am văzut pentru prima dată o scenă de teatru, chiar la noi acasă. Totul era luminat cu ajutorul a o mulţime de lumânări, acum totul e trecut, să privim doar înainte.

Încet, încet, din oraş în oraş, ajunseră la cealaltă mamă, ducesa Henriette care-i aştepta bucuroasă. „Fericirea uneia, durerea alteia", dr gândi Klaudia sărutând-o pe Henriette. Urma acum atâta zgomot după liniştea din Ardeal, balurile şi zumzetul Vienei din decembrie dar şi plecarea lui Alexander la husarii lui. „Toate le vom trece împreună", îşi spuse Klaudia cu gura lipită de obrazul catifelat al Claudine, „în curând vei face un an în februarie, vom sărbători cum se cuvine copila mea."

CAPITOLUL 11

Balurile au răsfățat-o din nou pe frumoasa Klaudia. Împăratul, cel care o numise contesă de Hohenheim, era încântat că e din nou alături de ei căci la ultima sesiune de baluri îi simțiseră lipsa de altfel perfect justificată. Din Ardeal primise o veste minunată: prietena ei Eszter născuse un băiețel sănătos și fumos pe care așteptarea îl făcuse foarte iubit. „Soțul meu", spunea ea, „e încântat că este băiat. „Spune că de acum putem face câte fetițe voi dori eu, iar asta mă amuza teribil. De-abia aștept să vii să-l vezi și tu!"

- Mă bucur pentru familia Eszterei, în sfârșit e împlinită, îi spuse Klaudia într-o seară de bal lui Alexander înainte de a ajunge la petrecere, în timp ce acesta îi prindea la gât bijuteriile vechi dar atât de frumoase ale bunicii ei.

- Da, un copil e o binecuvântare atunci când vine cu pace și din dorință. Eu îmi mai doresc copii, Claudine nu poate trăi și crește fără frați.

- Și eu sunt de acord, știu cum este să fii singur. Mă voi ruga Sfintei Fecioare și poate ne va binecuvânta din nou, spuse Klaudia întorcându-se strălucitoare spre Alexander pregătită acum de bal și de plecare.

Alexander îi puse pelerina pe umerii frumoși și curând erau deja în trăsură spre palat. Era mai frig decât de obicei, iar Klaudia se înveli mai bine cu blănurile ei.

- Abia aștept să ajung înăuntru căci nu suport frigul, spuse ea zgribulită.

- Dacă îți va fi frig în continuare, vom sta doar cât să fim văzuți, apoi plecăm acasă și vom sta în fața șemineului lângă foc câteva ore doar noi doi.

Klaudia zâmbi căci știa ce însemnau cele câteva ore petrecute cu chipeșul ei soț. Îl iubea cu patimă la fel ca în prima zi și era răsplătită la fel. În sala de bal cât și în restul saloanelor era însă cald, așadar se simțiră bine multă vreme, Klaudia dansând cu mai toţi domnii din încăpere. La întoarcere Alexander chiar o tachină drăgăstos:

- Balurile astea sunt făcute pentru tine, iubito, încurci iţele tuturor bărbaţilor.

- Dar iubesc doar unul, pe tine, ceilalţi nu contează şi poate că au neveste fericite ca şi mine.

- Hm, din păcate nu este aşa la o curte mare ca a noastră. Eu sunt un norocos pentru că te am. Tu nu ai fost crescută pentru a trăi într-o lume atât de mare ca Viena, de aceea te place clica aceasta veselă, eşti oarecum exotică pentru ei, alt sânge. A meritat să aştept atâta vreme acceptul tatălui tău. Alexander opri însă discuţia, probabil considerând că a vorbit destul, sărutându-şi soţia în întunericul intim al trăsurii. Klaudia zâmbi din nou şi se lăsă în seama vrăjii.

Noaptea ultimei zile a anului acela o încoronase pe contesă drept frumuseţea sezonului. Purtase o rochie ivorie cu o eşarfă lată pe umeri de culoarea sângelui, podoabele-i erau pline de perle fiind un dar de an nou de la iubitul ei soţ, recunoscător şi fericit. O iubea pentru cuminţenia ei, pentru gingăşia ei permanentă. Nu dură mult şi după toate aceste serbări şi sărbători Klaudia avu ocazia de a-i da o veste mare: aşteptau acum pe-al doilea lor copil. Felicitările curgeau de peste tot la Kirchheim unter Teck, Dorotheea veni personal să o admire pe minunata ei prietenă, iar Alexander fu felicitat la garnizoana lui fiind iscodit cam ce şi-ar dori să fie cel de-al doilea copilaş.

- Nu am o dorinţă fermă, dar am totuşi una mică...vreau un băiat! Un mic conte Hohenstein.

- Îţi pare rău că nu este un Wurttenberg? întrebă Eugen.

- Am avut unele perioade în care m-am gândit la acest subiect, iar răspunsul este „nu". Nu contează decât faptul că am aripi şi zbor. Klaudia este tot ce îmi doresc şi am obţinut-o destul de greu. Sunt fericit, iar acum cred că va fi băiat pentru că amândoi ne dorim asta. Este bine totuşi ca între copii să nu existe diferenţe mari de vârstă căci pot creşte şi se juca împreună.

La Kirchheim contesa scria scrisori pentru a-şi anunţa starea. Ducesa era fericită şi îşi petrecea mai tot timpul jucându-se cu Claudine. Chiar începuse să o placă şi să o îndrăgească pe nora sa, şi-a dat seama de acest detaliu abia atunci când plecaseră în Ardeal, îi simţise lipsa contesei în fiecare clipă, nu-i mai auzea vocea plăcută în bibliotecă citind pentru a se distra, nu o mai zărea în seră cu mănuşile pentru grădinărit, astfel că rămăsese cu ideea că soţia fiului ei este tot ce se putea mai bun pentru el şi puţin şi pentru ea. Nu mai avea niciun fel de gând de nemulţumire. Paulina era o lecţie de nefericire jucată pe scena deschisă a palatului regal din Wurttenberg în văzul tuturor.

- Uite, flori proaspete, primele pe anul acesta, spuse Klaudia întinzându-i buchetul ducesei Henriette care zâmbi imediat după ce-şi băgă nasul în ele.

- Mulţumesc, scumpa mea, dar nu te-ai obosit prea tare? Sarcina ta e deja vizibilă.

- Nu, nu m-am obosit deloc, din contră, mă simt vioaie şi proaspătă. Nu voi sta deloc în pat sau pe vreun fotoliu decât doar când va fi cazul. Mi-a răspuns mama la o scrisoare, va veni cu noi la Esseg unde este şi Alexander. Se pare că acolo voi naşte.

- Şi eu care credeam că se va petrece aici, se întristă oarecum teatral ducesa.

- Nu, din păcate nu. Mama va veni în Croaţia la începutul lunii august. Vărul nostru, de fapt al tatălui meu, de altfel un bătrân încântător, va avea grijă de palatul de la ţară. Cel de la Cluj este închis de multă vreme, mai sunt doar nişte servitori care mai locuiesc acolo şi au grijă de el. Toată vara aceasta este însă a dumneavoastră dacă doriţi să vă ţin companie. Îmi plăceţi atât de mult, iar Claudine vă adoră.

- Mi-o veţi lăsa mie cât veţi fi plecaţi? întrebă ducesa.

- Eu nu mă împotrivesc lui Alexander, dacă el doreşte, o veţi avea aici cu dumneavoastră. De altfel, sunt atât de multe lucruri de făcut când e vorba de un nou născut, Claudine nu le-ar înţelege.

- Da, spuse Alexander, când veni într-o permisie de câteva zile, Claudine va rămâne aici. Ştiu că o vei răsfăţa destul de mult dar închid ochii pentru că este un moment special.

- Bineînţeles că o voi răsfăţa, spuse râzând ducesa, vom alerga împreună, vom mânca dulciuri şi vom bea limonadă când vom fi însetate. Mai este însă vreme până când doctorul a fixat că ar putea fi momentul naşterii. Îmi place acest oraş liber Esseg, e plin de lume bună germană, parcă nu ar fi croat ci chiar de-al nostru de-a binelea, continuă Henriette. S-a transformat într-un oraş atât de modern încât măcar o dată trebuie să fii văzut plimbându-te pe străzile sale.

- E un fel de Bath, mamă, concluzionă ducele, pe care-l stăpânim noi, germanii. Mă întreb oare pentru câtă vreme, am impresia că revoluţiile bat la uşă. Acum sunt doar mici revolte locale, mârâieli în surdină însă peste câţiva ani cine poate şti?

- Politică, fiule? Ştii că nu îmi place, răspunse ducesa imediat.

- Dar e adevărat, Imperiul are prea multe popoare legate artificial una de alta, fiecare va dori să-şi găsească locul său sub soare, dar repet: nu acum.

- Chiar şi Transilvania? întrebă timid Klaudia.

- Da, chiar şi ea. Nimeni nu a uitat revoluţia din Franţa şi nici nu o va face vreodată.

- Dar, dragul meu, zise Henriette, acolo s-au bătut francezii între ei, l-au dat jos pe rege, i-au ucis toată familia. Ei erau stăpânii propriului destin francez.

- Condus de un rege, spuse repede ducele, dar haideți să schimbăm obiectul discuției. Sincer, nu văd un președinte în locul familiei noastre imperiale. Viena este sfântă!

- În sfârșit, răsuflă ducesa Henriette ușurată, credeam că se va întâmpla mâine.

- Nu, nici vorbă, mamă, spuse zâmbind Alexander.

Bineînțeles că nu se întâmplă așa ceva, iar acea discuție fu uitată repede. Vara veni călduroasă, iar Claudine alerga prin iarba înaltă de la capătul pădurii aproape fără să se mai zărească. Zâmbea tuturor plină de bucuria noilor descoperiri: o floare, o gâză, un licurici sau o pasăre căreia ei i se părea uriașă. Toate i le arăta însoțitoarei sale. Buburuzele îi plăceau însă cel mai mult. Întreba pe toată lumea de ce au acele puncte și mai ales dacă pot fi spălate. Ducesa râdea de istețimea minții nepoatei sale care semăna atât de bine cu băiatul ei când era la aceeași vârstă.

Claudine nu se arătă prea tristă când mama ei spuse că va pleca pentru o vreme „să-i aducă un frățior", răspunsese candid că ea o are pe bunica și că aceasta îi va prinde o mulțime de fluturi. Familia fu mulțumită că fetița nu primi vestea cu tristețe și mai ales înțelegea că toata lumea se va întoarce odată cu frățiorul.

Agnes, contesa Rhedey, scrisese că pleacă spre Esseg și că este nerăbdătoare să-i reîntâlnească. Toată lumea o binecuvântă pe viitoarea mamă și își luă rămas bun promițând scrisori cu multe vești. Orașul Esseg arăta minunat în acel început de august, era mult mai cald decât la Kirchheim, iar vizitatori se găseau mai tot timpul. Croații învățaseră să accepte și să speculeze bogăția neamului sub conducerea și stăpânirea cărora erau, dar germanii nu se sinchiseau de acest lucru, erau fericiți iar bani aveau destui. De aceea chiar și împăratul fu îmblânzit cedând acestui oraș dreptul de a fi oraș liber.

Ducele ocupa o vilă încântătoare poziționată în mijlocul unei grădini superbe până la care zgomotul străzilor pavate nu răzbătea. Klaudia alesese o cameră către aleile din spatele casei și curând se liniști fericită așteptând cu emoție momentul mult așteptat de toată lumea. Mama sa ajunsese la câteva zile distanță, bucuroasă că drumul s-a sfârșit și că își va vedea familia, de fapt doar pe fiica sa pentru că Alexander a trebuit să plece între timp la treburile sale urmând a se reîntoarce la sfârșitul lunii, de fapt la momentul nașterii.

- Ce moment încântător, mamă, să te am doar pentru mine și să putem vorbi nestingherite în limba noastră de acasă pe care de altfel nu am

85

uitat-o dar nu o vorbesc, o folosesc doar când trebuie să-i scriu Esterei şi bineînţeles ţie.

- Toată lumea îţi transmite salutări şi sănătate, spuse Agnes. De mult nu am mai avut timp să stăm doar noi două, am vrut acest moment şi în sfârşit îl am. Acasă sunt mai mereu singură, Adam iese foarte rar din camera lui, iar când o face este într-adevăr încântător, a fost cu siguranţă un om de lume, se vede imediat după vorbă, din manierele lui elegante. De fapt este un conte Rhedey, dar îţi repet, nu-mi ţine deloc companie. Atâţia ani în sihăstria lui se pare că l-au învăţat să se mulţumească cu puţin. Are o singură dorinţă: să fie înmormântat lângă Tere. I-am promis că mă voi ţine de cuvânt dacă nu voi muri eu înaintea lui.

- Mamă, cum poţi vorbi aşa? întrebă cu necaz Klaudia.

- Iartă-mă, fiica mea, nu am vrut să te supăr dar când eşti singur te gândeşti la tot felul de lucruri care mai bune, care mai rele şi înfricoşătoare. Promit însă că nu o voi mai face, un copil se va naşte, Dumnezeu va săvârşi o minune cu tine, fiica mea, pentru a doua oară.

Klaudia îi zâmbi, nu era supărată cu adevărat pe mama sa, niciodată nu fusese o fire răutăcioasă. Schimbară imediat subiectul discuţiei lor. Vremea fusese bună toată luna aceea însă către sfârşit se porni o ploaie interminabilă. Cele două doamne fură astfel obligate să rămână în casă ramânându-le doar privitul de la fereastră. Ropotul ploii o irita pe Klaudia care se stăpânea cu greu să nu caute pe cer curcubeul şi soarele izbăvitor. Pe o asemenea ploaie sosi şi Alexander alături de doctorul cu care născuse prima dată Klaudia. Focurile ardeau în toată casa pentru a putea avea un aer mai uscat. Ducele apucă să-şi liniştească soţia care lăsă fereastra şi cerul pentru el.

- Se mai întâmplă să aibă şi vremea capriciile sale, zâmbi ducele. După ce vei naşte ai să vezi curcubeul, îţi promit.

- Dar cum poţi tu să ştii asta? îl întrebă zâmbind Klaudia.

- Sunt un curier al cerului, un mesager mi-a lăsat acest răvaş pe pervazul camerei la Viena.

- E o bijuterie, nu e un răvaş! spuse soţia sa desfăcând hârtia. De fapt sunt amândouă, trase ea concluzia: un bileţel şi o brăţară pentru mine! Cine ţi le-a dat?

- Ţi-am spus, le-am găsit la fereastra camerei. Cerul le-a trimis, îi răspunse zâmbind ducele.

- Eşti un ştrengar, răspunse repede contesa dându-şi un zuluf neastâmpărat de pe frunte. Doctorul spune că a doua oară va fi mai uşor, continuă ea devenind mai serioasă. Şi eu sper la fel.

- Va fi aşa cum doreşti tu, iubita mea dragă, spuse acesta luând-o în braţe.

Klaudia născu în ultimele zile de vară croată pe 28 august 1837 un băieţel pe care toţi, de data aceasta, îl catalogară ca semănându-i mamei sale. Naşterea nu a adus mari probleme, fiind mai uşoară ca prima, făcând astfel ca revenirea să fie mai lesne. Băieţelul fu botezat în luna septembrie la capela castelului Kirchheim unter Teck, cu lume puţină dar plină de dragoste. Îl numiră Franz Paul Karl Ludwig Alexander, pe scurt rămase Franz.

Claudine era încântată de frăţiorul ei care era atât de mic, iar ea atât de mare încât putea merge şi vorbi. Cu greu înţelesese că Franz nu putea face toate lucrurile pe care ea la vârsta ei le putea face în mod obişnuit. Avea voie să-l ţină de mânuţe şi să-l privească doar pentru că Franz obişnuia să doarmă mai tot timpul.

- Mamă, e ca o păpuşă acest frate al meu.

- Da, Claudine, dar curând va creşte, fiecare zi ce trece e importantă în lanţul vieţii sale ca de altfel şi în cazul tău. Lună de lună deveniţi mai puternici şi mai înţelegători. Şi tu ai fost aşa.

- Nu cred, mamă, spuse serios fetiţa.

Klaudia ieşi râzând în hohote cu Claudine din camera băieţelului dar acesta nu se trezi, lumea lui era încă departe de cea pământească, era lumea îngerilor. Din Sângeorgiu de Pădure veni o scrisoare de la Adam, contele Rhedey lăsat acolo de contesă. „Felicitări, draga mea, mama ta a fost bună şi mi-a spus de micul conte. Între timp am fost şi eu la mormântul Terezei, e atâta pace acolo, parcă mă aşteaptă lângă ea. Sunt atât de împăcat cu toată lumea în mintea mea... cred că sunt fericit şi cred că şi tu eşti.”

Klaudia îi răspunse bucuroasă că este fericită şi calmă acum. Îi descrisese apoi balurile la care toată lumea i-a admirat bijuteriile neştiind pe seama măiestriei cărui bijutier să le pună, dar e secret, nu ştie nimeni de unde le am. E un mister nedezlegat de curtea de la Viena căci toate doamnele şi le-ar dori pentru ele dar din fericire îmi aparţin. „Chiar şi împăratul le-a privit pe sub gene spre amuzamentul meu şi al ducelui, soţul meu.”

În acelaşi plic contesa de Hohenheim pusese o scrisoare şi pentru Eszter bucurând-o şi pe aceasta. Agnes nu mai plecă în iarna aceea acasă dar o făcu atunci când vremea se mai încălzi ducând cu ea o veste nouă, despre un alt conte Hohenheim care era pe drum, spre încântarea părinţilor săi şi uimirea Claudinei care acum, având doi ani, era un fel de şef incontestabil peste Franz, fiind datoria ei să-l sprijine.

Fericirea era deplină la Kirchheim unter Teck, iar glasurile de copii răsunau ca în tinereţea ducesei. De fapt asta îşi dorise, asta o întinerea, îi dădea puterea de a trece peste fiecare zi. Nepoţii şi nora sa erau încântători antrenând-o în activităţile lor, iar când fiul ei era prezent şi el, totul era perfect ca viaţa să merite a fi trăită.

CAPITOLUL 12

În acel an, 1838, ducele Alexander fu mult mai mult timp plecat decât îşi dorise şi nu apucă să stea prea mult alături de familia lui aflând ştiri cu precădere din scrisori. Fiind un strălucit militar, un vizionar cu mintea limpede, ducele era solicitat de husarii lui peste tot unde lumea germană avea nevoie, era un ostaş predestinat. Îşi îndeplinise visul din copilărie, îşi urmase tatăl în aceeaşi carieră. Era mulţumit dar şi mai fericit se simţea alături de soţia sa şi de copii. De când o întâlnise pe Klaudia parcă trăia o vrajă, un vis albastru ca marea, un vis de copil. Avea uneori temeri că se va trezi din el singur, doar cu mama sa alături. Niciodată nu se gândea la pericolele pe care le înfrunta el şi chiar erau destule, la acestea se gândea soţia lui, ci doar la ce îi aparţinea şi pentru care gestul de a renunţa la tronul şi aşa îndepărtat era un nimic. Toţi spuneau că a fost un sacrificiu însă el nu considera niciodată mariajul din 1835 un sacrificiu, el era fericit şi-şi spunea că nu se putea o soartă mai bună pentru el. Mai bine o clipă de mulţumire totală decât o viaţă lipsită de culoare. Şi atunci îşi aducea aminte de Paulina, sora lui. Părea că nu o mai doare comportamentul soţului ei dar el ştia cât de mult suferea când rămânea singură. O vizita adesea şi se înţelegeau fără prea multe cuvinte. Fiecare făcuse compromisurile lui însă ea dăduse greş, regină fiind era sus în înaltul scărilor dar călcându-şi în picioare propria inimă şi propriul suflet. El alesese iubirea şi se părea că şi ea o alesese dar se înşelase, iar acum era doar regina Wurttenberg-ului, mama moştenitorului.

Alexander învăţase să-i diferenţieze pe unguri de germani din propria iniţiativa, ungurii erau mai calzi, râdeau mai mult, iubeau altfel. Neamul lui era în schimb total opus, interesele erau mai presus decât orice. El renăscuse odată cu Klaudia, ea îl învăţase să trăiască fiecare moment fie că era alături de ea sau nu, învăţase să se bucure, să aibă emoţii, să zâmbească mai des. Observase cu încântare că şi ducesa, mama lui, era schimbată, viaţa ei se luminase de când apăruseră soţia lui şi copiii, îşi uitase rigiditatea de prinţesă germană într-un cufăr încuiat cu lacăte fără cheie şi pierdută pe undeva.

Ducele avea mereu aceste gânduri când stătea singur în camera lui de dormit, iar ordonanţa îşi făcea de lucru în alt loc, număra zilele până când putea pleca la Krichheim. Era vară de acum iarăşi, zilele lungi îl umpleau de dorul de ai săi. Klaudia îi scria mereu povestindu-i despre cei doi copii şi despre sănătatea ei pe care medicul o vedea înfloritoare, „voi naşte, iubitule, şi apoi vom mai lăsa timpul să treacă, dacă vom mai dori copii o să-i mai avem peste câţiva ani, uneori mă simt eu o copiliţă între ei." Alexander zâmbea citind aceste rânduri, ştia că nu putea face decât ceea ce îşi dorea ea. La urma urmei, 3 copii erau destui, puteau să-şi mai petreacă tinereţea. În altă scrisoare Klaudia dorea o şedere mai lungă în Sângeorgiu de Pădure, îi era dor de căldura oamenilor şi de sănătatea pământurilor. Considera că era un lucru bun şi pentru copii, clima era mai puţin severă. Ducele păstra toate aceste scrisori scrise pe hârtie simplă, parfumată din plin, răspunzându-i cât de des putea, făcând-o astfel fericită pe Klaudia.

La sfârşitul lui seprembrie îşi luă concediu pentru tot restul anului, nu dorea să mai plece de lângă iubita lui în ultimele luni de sarcină. Le făcuse tuturor o mare surpriză aducându-le această veste.

- Vom merge la Esseg, la fel ca atunci când s-a născut Franz, doar că acum va veni şi mama cu noi, iar de la vară îţi promit o şedere mai lungă în Transilvania. Klaudia bătu din palme de fericire, privirea ei arăta de altfel atâta recunoştinţă.

- De-abia aştept să-mi văd copiii toţi pe aleile parcului, roşii în obraz, iar pe mama fericită cum nu a mai fost de multă vreme. O să alergăm prin pădure, poate vom mai sta şi la Cluj căci palatul acela trebuie redeschis măcar pentru o vreme. De la moartea tatălui meu stă tot închis.

Ducele era încântat de cât de copilăroasă şi visătoare îi era iubita lui soţie şi că maternitatea nu-i schimbase feminitatea, îşi păstrase separate însuşirile de mamă şi de femeie. O adora pentru acest lucru. Era toată a lui cum era toată a copiilor lor, avea puterea aceasta care nu se găsea la nicio prinţesă de rangul lui.

La sfatul medicului plecaseră cu toţii spre Esseg cu o lună înainte de presupusul termen al naşterii. Luaseră doicile, copiii, un întreg arsenal de lucruri închise bine în cufere legate la trăsuri. Aceste lucruri îl amuzară copios pe contele de Wetterstein care venise cu familia lui să le ureze călătorie plăcută şi naştere fără probleme.

- Parcă te muţi la Esseg cu totul, Alexander, îi spuse Eugen râzând. Iarăşi vei lipsi de la balurile de anul acesta.

- E ultimul copil, Eugen, Klaudia îşi doreşte o pauză şi o înţeleg, în fiecare an câte un copil...

- Da, o înţeleg, noi ne-am oprit la cei doi copii ai noştri, Dorotheea a vrut de asemenea o pauză. E un lucru frumos, băieţii au crescut, iar noi avem timp unul de altul. Cu siguranţă contesa de Hohenstein doreşte la fel. Drum bun şi să ne vedem cu bine, mai spuse Eugen.

Drumul fu unul greu căci iarna începuse să-şi arate colţii. Klaudia se arătă mai obosită, chiar dacă făceau opriri destul de dese. Ajunseră în cele din urmă osteniţi în oraş, însă totul le era pregătit pentru odihnă. Vremea era într-adevăr mult mai bună decât la Kirchheim, cerul era mai tot timpul senin.

- Ce doreşti să fie? o întrebă într-o seară ducesa.

- Prietena mea a născut o fetiţă anul acesta, cred că aş vrea şi eu tot o fetiţă, dar nu are nicio importanţă, sunt fericită oricum. Viaţa mi-a dat tot ce mi-am dorit, păcat că nu am avut fraţi cu care să cresc dar părinţii mei au avut grijă să nu stau niciodată singură. Copiii mei sunt de vârste apropiate, se vor juca şi vor creşte împreună, ceea ce cred că e un lucru minunat. Mă uit cu drag la Claudine şi Franz, ea e deja asemenea unei profesoare, iar el un copil ascultător, spuse Klaudia lăsând ceaşca jos pe farfurioară după care luă un biscuite de pe tăviţă. Pe durata acestei sarcini am mâncat cam mult, la celelalte două nu a fost aşa. O să-mi revin eu repede. Alexander doreşte să-mi facă portretul când ne întoarcem acasă.

- Tu eşti o frumuseţe oricum, draga mea fată, spuse cu blândeţe Henriette, frumuseţea ta provine din sufletul tău curat, ochii tăi vorbesc limpede şi pur.

Klaudia zâmbi ronţăind cu poftă biscuitele pregătindu-se pentru un altul, spre amuzamentul ducesei Henriette. Contesa de Hohhenstein născu uşor cel de-al treilea copil al lor, o fetiţă frumoasă ce se deosebea de ceilalţi fraţi ai săi prin cuminţenie, nu plângea aproape niciodată şi, mai ales, dormea mai tot timpul.

- Ce copil cuminte, spuse Henriette încântată, ai putea pleca oriunde cu ea, ar fi la fel de liniştită.

Această minunată fetiţă născută la 12 noiembrie 1838 primi multe nume de botez, ceremonie oficiată în Esseg din cauza vremii şi a frigului: Amelie Josephine Henriette Agnes Susanne, pe scurt Amelie. Acum erau patru ochişori ce priveau la surioara mai mică cu care încă nu se puteau juca. Amelie abia împlini o lună când Claudine se plictisi să mai aştepte joaca cu surioara ei, îl luă deci pe Franz şi se puseră pe ţinut minte zilele până când Amelie s-ar putea juca cu ei. Intrau tiptil în camera fetiţei plecând apoi la fel cum au intrat pentru că surioara lor dormea liniştită şi neştiutoare în pătuţul ei.

- Poate nu se mai trezeşte, şopti Claudine către Franz, şi totuşi i-am văzut ochii deschişi de câteva ori.

Trecuseră cu bine în 1839, sărbătoriseră împreună într-o intimitate de invidiat, priviră la artificiile de pe râul Drava şi la lumea care se afla pe străzi.

- Un oraş extravagant, a ştiut să adopte ce e mai bun de la oraşe mai mari precum Viena sau Budapesta. E plin de oameni din diverse părţi ale Imperiului, spuse ducesa.

- Acest lucru aduce prosperitate tuturor, îi răspunse Alexander. Apoi e mai liniştit, nu-i lipseşte nimic din strălucirea celor două capitale dar mai ales din cea a Vienei.

- Pentru că locul e împânzit de germani bogaţi, iar unde sunt bani totul străluceşte, spuse şi Klaudia refăcută acum pe deplin. Râul Drava dă o notă feerică oraşului, vara e foarte frumos să ieşi la promenadă pe malurile lui.

- Ai vrea să rămânem aici? întrebă ducele.

- Nu, niciodată. Ai uitat că trebuie să-mi fac portretul? Trebuie să arăt bine. Ce vor zice altfel nepoţii mei peste ani?

- Da, ai dreptate, spuse râzând soţul ei trecându-şi o mână peste frunte. Aici îmi uit toate îndatoririle pe care le am. Vom avea un an fericit: 1839!

- Eu mă retrag în camera mea, dragii mei, am văzut tot ce era de văzut, spuse Henriette obosită.

- Ne vom duce şi noi la culcare imediat, mamă, doar să ne mai uitam încă odată la copii.

După ce ducesa se retrase la ea şi se auzi cum se închide uşa în urma ei, Alexander îşi luă în sfârşit soţia în braţe.

- De când aştept să te sărut, iubito, trebuia s-o fac la miezul nopţii dar ai văzut şi tu, era mama. Klaudia chicoti uşor sărutându-şi soţul. Tu m-ai păcălit! M-ai sărutat prima, zise ducele zâmbindu-i cu dragoste.

- Vezi că vei pierde locul secund dacă te voi mai săruta încă odată, îi răspunse contesa.

- Nici pomeneală, draga mea.

Cei doi zăboviră puţin înainte de a intra în camera copiilor. Aceştia, trei îngeraşi mici şi rotunzi, dormeau liniştiţi fără să ştie de niciun an nou sau alt eveniment. În cameră era cald, iar doicile dormeau şi ele lângă copilaşul dat în grijă.

- Cred că asta înseamnă fericire, Klaudia, zise ducele când ieşiră. Claudine împlineşte curând trei ani, nici nu ştiu când au trecut. Cu voi timpul trece în zbor şi parcă nu are răgaz.

- Ţi se pare, Alexander, toţi copiii cresc, curând vom pleca la Kirchheim, apoi în Ardeal. Totul depinde de sănătatea Ameliei, e încă prea mică pentru drum, poate la toamnă sau la iarna ce va veni sau chiar la anul, nu putem şti viitorul. Mă bucur că te-ai gândit la mine şi la fericirea mea la

Sângeorgiu de Pădure, dar drumul e greu cu trei copii, iar Amelie e tare mică. Mă simt mai responsabilă acum şi cred că şi tu simţi la fel, nu trebuie să ne hazardăm.

- Un bal? Uitasem de el. Da, cum spui tu, ne mai gândim. Mama ta va înţelege cu siguranţă, iar mama mea va fi fericită, zise Alexander.

Cei doi merseră la culcare adormind apoi imediat unul în braţele celuilalt. Fuseseră frumoase acele artificii de atunci din Esseg, de pe Drava. Aveau să plece apoi spre casă în luna martie, Amelie putea face drumul. Acum ceilalţi copilaşi stăteau uimiţi văzând cum surioara lor putea sta şi ea cu ochii deschişi mai multă vreme. Îi privea şi uneori le zâmbea deschizând guriţa aceea roză fără dinţişori. În acele momente Claudine şi Franz băteau din palme cu bucurie spre distracţia adulţilor din jurul lor. Chiar şi Amelie chicotea fericită, simţea legătura dintre ea şi ceilalţi doi copii.

Mare le fu bucuria celor ce rămăseseră la castel când trăsurile încărcate intrară pe porţile date larg la o parte. Totul fusese pregătit de majordom chiar de la primirea scrisorii de la Esseg.

- Ce bine e acasă, spuse Henriette simţind căldura căminului ei de cum intră pe uşă. Chiar dacă afară e mult mai frig, înăuntru aici la noi este foarte bine, ca întotdeauna de altfel.

Anul 1839 fu un an dedicat în totalitate creşterii copiilor. Klaudia îşi recăpătă vigoarea şi tonusul de dinainte şi nimic nu spunea acum că ar avea trei copilaşi. Alesese să nu părăsească Kirchheim, acolo venind şi pictorul pentru a-i face portretul promis. Pentru această ocazie contesa îşi alesese o rochie deschisă la culoare, decoltată, care-i putea pune în valoare umeri rotunzi şi gingaşi. Peste umărul drept îşi pusese o eşarfă care cădea frumos în falduri peste rochie. Nu dori să poarte nimic la gât rămânându-i astfel evidenţiată coafura deosebită, precum şi contrastul dintre culoarea închisă a frumosului ei păr şi albul imaculat al pielii de pe umerii ei minunaţi. Tabloul fu o încântare pentru ochii tuturor celor ce-l vedeau, dar mai ales pentru cei ai ducelui. Ochii mari ai contesei priveau într-o parte, foarte departe, iar gura ei mică era minunat aşezată de providenţă pe faţa frumos arcuită şi puţin rotundă.

- Parcă e vie, spuse ducesa Henriette către fiul său. Oare de ce a privit într-o parte? continuă ea întrebând mai mult pentru sine. Ştiu că e fericită şi totuşi nu priveşte lumea în ochi. Cred că îi este dor de casa ei.

- Vom merge acolo, mamă, când va dori ea, îi răspunse Alexander. Dacă dorea eram acolo de multă vreme, dar a spus că Amelie e încă prea micuţă, apoi îşi doreşte să mai mergem la balurile de final de an, nu ar vrea să rateze vreunul. E tânără încă şi atât de frumoasă, îşi doreşte să râdă, să danseze, să fie admirată.

- Ai o soţie minunată, fiule! Să ştii că pe zi ce trece viaţa mă încredinţează de acest lucru. Eşti fericit căci ea te face fericit. Nimic nu mai contează pentru tine când intră ea în salon. Toată atmosfera se încălzeşte oricât de lâncedă ar fi fost, râsul ei străbate orice zid, iar ca mamă este ideală. Copiii mereu râd când sunt cu ea, le citeşte, îi binedispune, îi păcăleşte să mănânce din farfurie, îi lasă să-i despletească părul şi să se joace apoi cu buclele ei. Eu nu am fost aşa, chiar dacă v-am dat toată iubirea mea.

- E alt sânge, mamă, mai iute. Nu te învinovăţi, nu ai niciun motiv. Sunt norocos şi mă bucur pentru acest lucru.

În noiembrie se mutară cu toţii la Viena. Amelie împlini un an şi zâmbi arătându-şi câţiva dinţişori când i se cântă la aniversare. Alexander era liniştit şi se dedica treburilor lui, nefiind niciun război avea timp liber, putea sta cu familia lui aşteptând balurile. Zâmbi când văzu pe măsuţa de toaletă a soţiei sale primul lui dar către ea, acel medalion minunat. Klaudia hotărâse să-l poarte la toate petrecerile din acel sezon. Acel medalion i se potrivea la orice ar fi purtat. Murmure de invidie stârni în acea iarnă la Viena. Când cei doi soţi dansau, în jurul lor se făcea loc, contesa zâmbind fericită în braţele soţului ei. Era admirată, răsfăţată şi adulată cu gura închisă de către toţi bărbaţii din sala de bal. Acasă cărţile de vizită umpleau tava de argint dedicată acestora, dar Klaudia ieşea destul de rar. Ducesa primea şi era suficient, ea nu cobora, prefera întotdeauna să se joace cu copiii sau să stea cu ducele. Când ieşea din paradisul ei, aşa cum spunea şi ducesa Henriette, totul se trezea din amorţeală, contesa de Hohenstein fiind instruită de foarte tânără în arta conversaţiei cât şi în multe altele. Klaudia cânta la pian foarte rar dar era divin când atingea clapele pianului. Era un izvor nesecat de uimire pentru cunoscuţii familiei, era iubită pentru bunul său gust, pentru germana ei perfectă şi nimeni nu o mai blama acum pentru că se căsătorise cu un membru al familiei regale. Vraja dăinuia.

Era la fel de aşteptată şi în Ardeal, acolo unde era casa ei. Agnes îi scria rugând-o să vină pentru că dorul o apasă şi ar dori să-i vadă pe toţi. Contesa îi răspundea promiţându-i o şedere mai lungă ţinându-se apoi de cuvânt. În vara lui 1840 erau deja cu toţii la Sângeorgiu de Pădure.

CAPITOLUL 13

- Uite, mamă, o mulţime de fluturi, strigă Claudine pe lunca târnavei. Aş putea să-i prind pe toţi?

- Nu, draga mea, nici măcar unul. Ar muri. Nu ar mai putea zbura pentru că praful de pe aripioarele lor s-ar lipi de mânuţele tale.

- Poate că au fraţi şi părinţi, spuse cu seriozitate fetiţa.

- Cu siguranţă are, îi răspunse Klaudia. Îi vom admira fără să-i atingem căci uite ce frumos strălucesc în soare. Uită-te la acesta, zise mama arătându-i fluturele de pe o margaretă.

- E foarte frumos, păcat că nu-l putem duce la Kirchheim. Bunica de acolo cu siguranţă nu a văzut aşa o frumuseţe.

- Fluturii trăiesc doar vara, Claudine. Se nasc pentru a avea copii, apoi mor.

- Oh, mamă, chiar aşa? E trist să trăieşti doar o vară, doar noi trăim mai mult.

- Da, noi, oamenii, parcurgem mai multe veri, spuse râzând contesa. Dinspre palat venea un servitor alergând făcând-o pe contesă să tresară. Ce s-a întâmplat? întrebă ea.

- Mama dumneavoastră vă cheamă, e în legătură cu domnul conte Adam, vărul tatălui dumneavoastră, spuse omul cu căciula în mână.

- Venim imediat, spuse Klaudia. Claudine, vino aici, mergem acasă şi poate ne vom întoarce ceva mai târziu.

Fetiţa nu se împotrivi, îşi luă mama de mână şi plecă alături de ea. Până ajunsese acasă înţelesese ce se petrecea: Adam, iubitul bunicii sale, dorea să-i vorbească pentru ultima dată. Odată ajunsă acasă, Klaudia i-o încredinţă doicii pe fetiţa ei cea mare şi, aruncându-şi pălăria de paie pe un fotoliu, porni spre aripa aşa-zis nelocuită a palatului. Mama şi soţul o aşteptau.

- Cu noi a vorbit dar pe tine te vrea, spuse contesa Rhedey.

- Te aşteptăm aici, Klaudia, spuse şi Alexander serios şi destul de gânditor urmând-o cu privirea până când uşa se închise în urma ei.

Contesa de Hohenstein păşi uşor pe covorul care îi înăbuşea zgomotul paşilor.

- Ai venit..., spuse Adam încet. Încă aud bine, pădurea m-a învăţat. Zilele mele se sfârşesc aici, Klaudia, de aceea te-am chemat, să-mi iau rămas bun dar nu înainte de a te ruga să-mi îndeplineşti câteva dorinţe...

- Asemenea vrăjitoarelor bune din poveşti, zâmbi Klaudia aşezându-se pe pat şi luându-i mâna bătrânului în mâna ei.

- Da, cam aşa ceva, încuviinţă Adam, îmi faci ultimele clipe mult mai uşoare. M-am gândit multă vreme dacă să-ţi spun sau nu, dar e mai bine totuşi să-ţi spun.

- Nu trebuie să te necăjeşti prea mult, te rog să nu o faci, spuse Klaudia aşezându-i pernele sub cap rudei sale, apoi nu te judeca prea aspru pentru trecut, adu-ţi aminte doar de clipele minunate.

- Eşti un înger, Klaudia! Aş vrea să fiu înmormântat lângă Terez, la Şincai. Ştiu că nu va fi posibil lângă ea, dar aproape, cât mai aproape, să ne putem şopti şi vorbi, să ne putem auzi. Va fi greu, spuse bătrânul oftând şi înghiţind cu greu, dar promite-mi!

- Îţi promit că nu mă voi întoarce la Stuttgart până nu te văd liniştit lângă iubita ta. Dar eşti încă în viaţă, de ce să vorbim despre asta? mai apucă să întrebe contesa. Eşti istoria vie şi regăsită a familiei mele.

- Klaudia, şopti contele Adam Rhedey, ţi-a spus cineva despre blestemele aruncate asupra... bătrânul se opri neştiind dacă să vorbească sau nu ...

- ...conteselor Rhedey? continuă în şoaptă Klaudia. Mi-a spus tata atunci când se afla pe patul morţii ca şi tine. E foarte straniu pentru mine acest lucru, eu sunt născută Rhedey, deci ce mi se poate întâmpla nu poate fi dat la o parte. Oricum, nu cred în blesteme. Sunt atât de fericită, iubesc şi sunt iubită. Am aşteptat atât de mult consimţământul tatei, crezi că ar fi drept? Cred că deja am plătit.

- Eşti atât de frumoasă, semeni cu bunica ta. Îmi aduci aminte de ea. Când ai venit prima dată în pădure am crezut că eşti ea cum era în ziua nunţii, era atât de copiliţă, ca tine.

- Nu te mai gândi, ai s-o vezi curând, te va aştepta la porţile raiului, îi răspunse contesa.

- Ai grijă de tine, Klaudia, fereşte-te de pericole, vor veni prin soţul tău, acest atât de greu diamant obţinut cu atâta trudă. Te vei înţepa în el...

- Nu mai vorbi, deja te sufoci, uită-te ce ochi mari şi plini de spaimă ai!

- Fiindcă văd altă lume, fetiţo... Mă aşteaptă Terez, mă ceartă că am stat atât de mult departe de ea, mă cheamă, uite, întinde mâinile către mine... contele luă fără să realizeze mâinile Klaudiei într-ale sale. Sunt atât de ostenit, Terez, ai să vezi coliba curând... am să vin lângă tine, ne vom căsători... Soţul tău e mort de mult...

- Mamă, strigă Klaudia, delirează. Să vină repede pastorul.

Acesta aştepta deja, iar contele Adam Rhedey muri împăcat după ce primi împărtăşania. Mai privi o dată în jurul lui înainte de a-şi pironi pentru ultima oară privirea în ochii Klaudiei care înţelesese că este ca o ultimă avertizare pentru ea. Agnes închisese ochii.

Zilele următoare îl pregătiseră pentru plecarea către Şincai, aşa cum îşi dorise, 12 leghe lungi şi urâte străbătute pe o vreme destul de caldă. Când ajunseseră groapa îi fusese deja pregătită, nu departe de cea a iubitei lui, aşa cum îşi dorise.

- Acum nu mai eşti singur, conte, spuse Klaudia tristă.

Se stârni apoi o furtună urâtă când fu depus jos pe pământul rece în fundul gropii. Vântul începu să bată ca la un semn aruncând în aer petale de flori veştede. Praful se ridică şuierând, iar copacii se aplecau până la pământ scuturându-şi frunzele. Familia privea cum groparii acoperă cu pământ sicriul, zgomotele bulgărilor de pământ căzuţi pe lemnul sicriului scoteau un sunet lugubru în atmosfera din cimitir. Fuseseră puse flori apoi placa de marmură cu inscripţia familiei conţilor Rhedey.

- Ce cald a fost înainte, şopti Klaudia către soţul său. Ce-l determină oare pe Adam să învârtă totul în jur? Vom arde căsuţa din pădure cum vom ajunge acasă, m-a rugat să o fac.

Alexander îi strânse mâna soţiei sale fără să spună ceva. Agnes privea mută cum totul se termină căci trecuse ceva timp de când se aflau în cimitir. Trebuiau să plece. Se opriră la mormântul Terezei unde marmura rezistase tuturor capriciilor vremii, iar numele ei se vedea la fel de clar ca în prima zi: „Baroană, iar mai târziu contesă prin mariaj". „Asemenea mie", gândi Agnes, „întâi baroană şi apoi contesă Rhedey". Ieşiră din orăşelul celor de pe cealaltă parte a râului şi nu doriră să viziteze rudele pe care le aveau acolo. Adam dorise linişte. „Dacă vor vedea mormântul mai târziu nu mai contează", spunea el. Se urcară în trăsură şi luară cele 12 leghe în pasul cailor la drum.

- În iarna aceasta vreau să deschidem palatul Rhedey de la Cluj, mamă. Vreau sa locuim acolo până în primăvară, putem să şi primim dacă doreşti, continuă ea.

- Vom face cum veţi dori voi, spuse Agnes. Nu este o idee rea să reîmprospătăm aerul din palat, iar pentru copii ar fi o noutate.

Nu vorbiră foarte mult pe parcursul drumului, toţi se gândeau că lăsaseră în urmă două suflete care trebuiau să se reîntâlnească dacă nu o şi făcuseră deja după atât de multă vreme. Aşteptaseră atât de mult timp, iar acum nu mai aveau obstacole. Se făcuse vreme urâtă, Adam stârnise urgia când fusese culcat în acelaşi pământ cu Terez. Ploaia nu se opri nici când ajunseră la Sângeorgiu de Pădure unde copiii stăteau la ferestre privind plictisiţi aburul care se ridica din pădure. Fusese prea cald, iar acum era prea frig deodată. Alergară toţi copiii spre părinţii lor pe care îi aşteptaseră toată ziua neînţelegând nimic din drumul lor, fuseseră alintaţi puţin şi voioşia reapăruse în obrăjori. Amelie adormi imediat după cum mâncă, iar Franz o urmă degrabă. Doar Claudine, mai mare fiind, stătu mai mult în salon, avea patru ani şi jumătate şi putea înţelege lucruri spre deosebire de fraţii ei mai mici.

Peste tot ardeau focuri pentru că umezeala adunase frigul în camere. Familia luă masa în acea seară împreună după care se culcară imediat cu toţii. Adormiră pe dată în ropotul ploii care, spre bucuria tuturor, se opri către dimineaţă.

- A fost ploaia contelui, un fel de rămas bun, spuse Agnes la micul dejun.

- Şi eu cred asta, mamă, spuse Klaudia. A apărut soarele, semn că viaţa merge mai departe pentru cei de deasupra pământului. Păcat că nu putem face o plimbare de dimineaţă, e tare frumos dar încă umed. Poate totuşi vom putea merge la biserică, e aproape.

- Îţi place pastorul cel nou, fiica mea? întrebă Agnes dând la o parte ceaşca de ceai.

- Da, nu e dezagreabil, însă îmi este dor de celălalt, ştia atât de multe despre noi, avea atâta experienţă de viaţă, te privea şi înţelegea totul. Acesta e tânăr, cu timpul va fi din ce în ce mai bun, dar eu nu mă gândesc la el ci la iarna pe care vreau s-o petrecem cu toţii la Cluj. Alexander nu a stat niciodată cu adevărat la Cluj, nu a văzut niciodată improvizaţiile noastre teatrale şi apoi servitorii de acolo cred că s-au cam îngrăşat de atâta lipsă de ocupaţie. Sunt multe lucruri de vizitat în oraş, avem amintiri frumoase acolo. Primul bal mi s-a părut încântător şi uite ce uşor a pălit în faţa balurilor vieneze.

- Ai dansat? întrebă Alexander zâmbind.

- Da, am dansat, îi răspunse soţia sa dragă. Tata era tare mândru, adora să mă privească, să-mi urmărească mişcările rochiei. Cred că era invidiat din cauza mea. Dar s-au dus toate în zbor cum se duce de altfel totul pe lumea aceasta. Am vorbit despre aceste lucruri cu Claudine înainte de moartea lui Adam, eu un copil atât de lucid pentru vârsta ei, uneori pune nişte întrebări care au lacăt, nu le poţi da un răspuns. A vrut să prindă un fluture să-l ducă la Kirchheim la cealaltă bunică şi am oprit-o.

Cei doi soţi aşteptară câteva zile până când putură intra în pădurea uscată acum de căldură şi vânt. Aveau de îndeplinit o ultimă dorinţă a contelui: distrugerea locului său de refugiu din pădure. Nu le fu foarte greu, coliba nelocuită de atâta timp se lăsase pe o parte fiind spartă în mai multe locuri. Intrară cu grijă înăuntru, totul era neatins, doar praful şi frunzele acopereau acareturile contelui.

- Ce curat era totul înainte, iar acum..., zise Alexander ridicând scândurile laviţei. Sunt putrede, nu mai au trăinicie.

- Şi soba a rămas la fel, spuse soţia sa.

Cei doi priviră masa, scaunele şi apoi se uitară unul la altul şi fără să-şi spună ceva începură să îndeplinească dorinţa lui Adam Rhedey. Acoperişul căzu uşor după ce ducele disloca stâlpii de lemn ce-l susţineau, praful se ridica în înaltul cerului odată cu zgomotul făcut de cele ce se dărâmau.

- Un semn, un ultim suspin şi nimic nu mai există. Uite, acolo străluceşte ceva, spuse contesa. Alexander dădu la o parte pământul şi descoperi o cutie deschisă, iar ceea ce strălucea era o bijuterie.

- Uite, pe asta nu ţi-a dat-o sau a uitat-o aici. Este un inel, spuse el. E gravat: HM.1865.

- Anul în care s-a căsătorit bunica, e inelul de cununie. Ce caută la el oare? Poate că i l-a dat când a murit soţul ei sau refuzând poate să se mai căsătorească cu altcineva. Oricum, au avut o relaţie secretă şi interzisă, dar hai să nu mai vorbim despre asta. Luăm inelul căci nu vreau să-l găsească cineva aici. Crezi că ar mai putea fi ceva? întrebă Klaudia.

- Am să mai arunc o privire şi apoi vom pleca. Ce vrei să găseşti?

- Nu vreau să rămână documente aici sau nimic care să aparţină familiei, şopti contesa.

În timp ce Alexander se puse pe treabă, Klaudia privea minunatul dar dat de bunicul său bunicii ei, era un inel cu blazonul Rhedey lucrat fără cusur. Şi-l puse pe deget şi văzu că îi venea destul de bine însă îl scosese imediat căci o senzaţie neplăcută de tristeţe o învălui. Vocea soţului său care o anunţă că nu mai e nimic de făcut o făcu să tresară.

- Ai dreptate, Alexander, actele contelui sunt acasă în camera în care a locuit, iar acest inel s-a rătăcit cu siguranţa. Să mergem acum, spuse ea luându-şi soţul de braţ, în cealaltă mână ţinea cutia cu inelul găsit. I-l voi arăta mamei, vreau să-i aflu părerea despre bijuterie. Agnes luă inelul în mâna sa şi îl studie cu atenţie.

- Când mă gândesc că bunica ta s-a măritat la 9 ani mă trec fiori reci. E un inel frumos şi s-a păstrat atât de bine în ciuda vechimii. Îl vom pune în cutia cu documente ale contelui. Nu ţi-a fost dăruită această bijuterie pentru a o purta, fata mea.

- Nici nu îmi doream una ca asta, mamă. E o valoare aparţinând altora, nicidecum mie. Este un inel binecuvântat în biserică şi este legat de numele altora, nu are ce căuta pe degetul meu. Eu am propriul meu inel de cununie însă nu puteam să-l lăsăm acolo, aparţine familiei.

- Da, ai dreptate, spuse Agnes. Mă duc să-l pun în cutie.

- De-abia aştept să locuim o vreme la Cluj, spuse Klaudia după ce mama ei ieşi. Vei cunoaşte o altfel de capitală, mai puţin strălucitoare dar poate mai veselă şi mai puţin protocolară decât Viena sau Stuttgart-ul familiei tale. Şi aici există un farmec propriu locului.

- Ştiu acest lucru, Klaudia, de aceea se uită toată Viena la tine la toate întâlnirile la care participi. Eşti diferită şi ai farmecul tău personal, propriu şi diferit de al femeilor germane care nu te vor egala niciodată. Când vrei să ne mutăm?

- În octombrie, când se lasă frigul pe aici şi după ce ne vom sărbători zilele de naştere. Ce interesant, sunt în aceeaşi lună. E mai simplu, o singură petrecere pentru doi. Puteam fi trei dacă Franz mai întârzia puţin dar el a preferat luna august. Ştiu că mama a scris la palat, la Cluj, ca totul să fie pregătit în orice moment pentru noi toţi. Aşa era şi pe vremuri, anul se împărţea în două: jumătate aici, jumătate la Cluj, însă tata era mereu plecat, iar noi două, eu şi mama, ne plimbam între cele două palate. Era frumos acolo, Guvernatorul încerca întotdeauna să aducă ceva din lumea germană la baluri dar nu-i reuşea niciodată. Mi-am dat seama când am putut compara.

Septembrie fu destul de ploios la ţară astfel că promisa călătorie la Cluj fu grăbită, acolo clima era mai blândă şi erau aşteptaţi de prieteni şi de cunoştinţe. Guvernatorul tocmai murise în august astfel că nu era nimeni aşezat în funcţia sa în acea vreme. Locţiitorul îşi făcea datoria menţinând interimatul fără vreo împotrivire venită de la Viena. Se pare că nu se găsise încă cineva mai bun decât Janos Kornis de Goncz Ruska, cel decedat. Acest conte murise la 59 de ani, în august 1840.

Toată iarna familia primise numeroşi invitaţi, iar ducele făcuse nenumărate cunoştinţe care de care mai interesante. Ducesa Henriette primea scrisori ce o amuzau teribil prin farmecul lor în care se povestea viaţa din Ardeal, hainele şi mâncarea cu care Alexander nu se obişnuise încă. Ducele, la rândul lui, amintea de plimbările cu sania trasă de cai cu clopoţei la ham: „e atâta farmec în jur şi nimic modern în aceste locuri. Oraşul-capitală este frumos mai ales seara când ninge. Bisericile sunt minunate şi pline de tăcere. Strada principală e aglomerată de dimineaţă până seara, o pot admira pe deplin căci palatul Rhedey este bine aşezat chiar în centrul oraşului. Aici avem şi teatru o dată pe săptămână când salonul mare se transformă total, se montează scenă, se aşază scaune, perdele şi pânze cu diferite scene în funcţie de poveste. Vine întotdeauna aceeaşi lume pe care încep să o cunosc. Îmi place aici, nu se compară teatrul lor cu adevăratul teatru de la noi sau din alte părţi. Nu se vorbeşte pe aici decât ungureşte sau româneşte astfel că acum sunt maestru în arta conversaţiei, germană apucăm să vorbim mai mult între noi după ce pleacă invitaţii. Klaudia străluceşte, se cunoaşte că e acasă cu adevărat, râde mai mult, e mai liberă în mişcări căci aici eticheta nu e atât de strictă. Nici măcar guvernator nu au reuşit să-şi aleagă, cred că se mulţumesc cu ideea că se poate şi aşa şi chiar văd că se poate. Cred că împăratul nu cunoaşte zona şi oamenii foarte bine, sunt cu totul altfel. Klaudia este asemenea lor."

Ducesa înţelegea tot ce fiul ei îi scria, de acolo îşi trăgea Klaudia tot farmecul, din lumea aceea lipsită de reguli stricte sau rigide. Le simţea lipsa şi le mărturisea acest lucru în fiecare scrisoare, îi întreba de copii, dacă au crescut şi dacă îşi mai aduc aminte de ea... Se vedea că nu-i plăcea casa goală. Se mai nimerea câte o vizită de-a contesei de Wetterstein dar rar pentru că băieţii erau mari şi aveau profesori cu care învăţau. Astfel aflase ducea la Kirchheim despre balul dat în palatul Rhedey la sfârşitul anului. „Mamă, a fost foarte plăcut, s-a cântat, s-a dansat, totul a strălucit ca pe vremuri, aşa spune Agnes care nu şi-a mai deschis casa de pe vremea când trăia socrul meu... Vom rămâne aici până în aprilie sau mai, apoi vom pleca să prindem primăvara la Sângeorgiu de pădure." Într-o altă scrisoare Alexander îi spunea mamei sale că luna ianuarie este o lună în care „nu se face mare lucru pe aici, nu mai există decât puţine vizite dar şi astea în familie. Stăm acasă în cele mai multe zile, iar duminica mergem la liturghie şi uneori la cimitir. Familia Rhedey are o criptă foarte frumoasă unde contesa Agnes pune mereu flori care îngheaţă aproape imediat. De asemenea acolo este şi cripta unor rude ale familiei ei. De fapt, mai toate familiile din Ardeal se înrudesc între ele, este similar cu situaţia întâlnită în cadrul caselor noastre regale. Toţi aici sunt verişori şi unchi, mătuşi şi nepoate. Este foarte interesant."

Scriind şi primind scrisori, Klaudia şi Alexander au trecut repede acea iarnă. Luna aprilie îi găsi deja pregătindu-se de plecare spre Sângeorgiu de Pădure spre bucuria copiilor care acum, fiind mai mari, doreau puţină independenţă pe care în Cluj nu o găseau. Îşi luară rămas bun de la cunoscuţi şi rude, iar într-o dimineaţă plină de soare plecară spre a-şi găsi liniştea pe malurile Târnavei Mici. Voioşia pusese stăpânire pe ei odată cu înaintarea pe drumul spre casă.

CAPITOLUL 14

Oamenii locului s-au adunat să-i primească pe oaspeţii lor, fiecare zâmbet al acestor oameni simpli şi sinceri le era dedicat lor. Contesa Agnes le făcea cu mâna încântată din trăsură pe când copiii erau cu greu convinşi să nu coboare. Le zâmbeau fericiţi tuturor celor ce le arătau afecţiune oferindu-le în schimb şi ei, pe lângă zâmbetul lor, toată simpatia pentru acei oameni dragi de acasă. Klaudia era încântată, radia de fericire şi parcă era şi mai frumoasă, pe măsură ce se maturiza devenea din ce în ce mai frumoasă. Avea să împlinească 29 de ani în septembrie însă nu-şi arăta vârsta nici pe departe, nicio urmă a timpului pe trupul si chipul ei frumos. Ducele iubea cu uimire această prospeţime la soţia lui. Ajunşi acasă, toată lumea se instală în palatul scufundat în linişte, remarcată de altfel imediat de cei proaspăt sosiţi.

- Faţă de Cluj, spuse ducele la masă, aici timpul nu curge defel, nimeni nu are vârstă, iar moartea nu înseamnă nimic. E doar un rămas bun temporar. Oamenii ştiu că se vor întâlni şi nu sunt neliniştiţi.

- Aici, îi răspunse Agnes, lumea e legată mai mult de natură, de soare, de lună, de ape şi mai ales de pământ. Puţini ştiu carte şi puţini sunt cei care urmează studii mai profunde, aici ştiinţa nu a pătruns, Dumnezeu a rămas stăpân peste sufletele muritorilor. Mulţi nu au văzut niciodată Clujul, cel mai îndepărtat loc vizitat fiind Târgu Mureş, dar şi ăsta rar de tot. Majoritatea se limitează la a vizita comunele învecinate, le este de ajuns.

- Uneori cred că e mai bine să nu ştii mare lucru, creează nelinişti fără sens, vorbi Klaudia. Ei ştiu doar să-şi cultive pământurile, să-l iubească pe Dumnezeu şi să-şi crească copiii. Le este de ajuns şi ei sunt fericiţi. Zâmbetul lor nu este prefăcut precum al celora din sălile de bal de la Viena pentru că nu au niciun motiv să fie altfel. Când au o problemă merg la pastor sau vin aici la palat. Ne admiră bogăţia, hainele, bijuteriile dar nu cred că s-ar simţi bine cu ele. Ar fi stânjeniţi. Am vorbit deja prea mult despre aceste lucruri şi suntem chiar foarte obosiţi. O baie şi un somn bun în liniştea deplină a locului e tot ce ne trebuie acum. Copiii sunt deja în pătuţurile lor. Uite, s-a lăsat deja răcoarea peste câmpuri.

- Draga mea, îi răspunse Agnes, nu este încă luna mai, nopţile sunt încă friguroase, avem însă şeminee straşnice aici. La fel fac focurile şi sătenii în sobele lor alungând şi ei frigul ce încă nu ne-a părăsit. Cred că voi refuza şi eu desertul şi mă voi retrage să mă odihnesc, nu mai sunt tânără, iar oboseala m-a doborât. Rămâneţi şi terminaţi masa, voi aveţi toată viaţa înainte.

- Nu vom întârzia nici noi prea mult, îi răspunse Alexander. Noapte bună!

- Mulţumesc, să vă odihniţi şi voi în tihnă.

Agnes ieşi din odaie zâmbind, urcă scările spre camera ei, deschise uşa, după care o închise în urma ei. Se culcă imediat, aici se simţea ea cel mai bine. Clujul o obosise peste măsură şi o făcuse să-i simtă lipsa lui Ladislau mult mai acut. Fusese o norocoasă că avusese familia lânga ea, nu ar fi trecut aşa de uşor peste amintiri. Era fericită când se gândea la fiica ei şi era perfect convinsă că avusese noroc cu ducele ei, acesta o iubea enorm de mult. Astfel adormi contesa cu gândul la familia ei minunată.

În sufragerie cei doi soţi mai zâbovirăpână când îşi luară desertul, erau obosiţi de-a binelea. Urcară şi ei spre camera lor unde îi aştepta un aşternut cald şi curat precum şi şemineul plin de lemne ce trosneau uşor în foc. Klaudia adormi imediat lângă pieptul soţului ei, acesta contemplând-o fericit până adormi şi el. Dimineaţa, la micul dejun, Agnes radia de fericire că este în sfârşit acasă..

- M-am gândit să facem o mică petrecere în luna mai, să aniversăm cei şase ani care au trecut de la cununia voastră. Cred că ar fi foarte frumos, cred eu. Cei doi tineri începură să zâmbească, iar Klaudia să bată chiar din palme.

- Mamă, eu nu m-am gândit prea mult la acest eveniment, dar sunt de acord. O masă simplă şi cadouri la ţărani. Trebuie invitat şi pastorul pe la noi.

- Te-ai gândit, Klaudia, să facem o masă în natură? întrebă ducele. Poate se va face cald şi soare, vom putea pune nişte pături groase jos sub un stejar şi vom putea sărbători acolo.

- Straşnică idee, spuse Agnes, doar să ţină vremea cu noi. Aş avea o activitate plăcută de făcut cu aceste pregătiri. Ah, da, cred că ştiu şi locul cu pricina, copiii vor fi încântaţi, vor putea zburda în voie. În mai de altfel e foarte plăcut la prânz.

Pentru că ziua de 2 mai se apropia cu repeziciune, mai erau doar câteva zile până atunci. Agnes se apucă de treabă ţinând totul secret şi nelăsându-şi fiica deloc să o ajute. În acest fel ea era mai mult absentă făcându-şi apariţia doar la mesele pe care familia le lua împreună. Se dovedi până la urmă o cină la lumina focului dat de făclii puse în suporţi speciali făcuţi în jurul mesei. Cei doi soţi zâmbiră fericiţi când văzură surpriza şi o savurară cu toţii împreună.

- A meritat să luăm prânzul acasă, draga mea, spuse ducele amuzat. E foarte romantic, uite, se văd şi stelele pe cerul senin. Mama ta ne-a dat o pistă falsă şi a reuşit să ne uimească cu adevărat. Îi voi scrie si mamei de surpriză, îi va plăcea cu siguranţă.

- Aşa este, mama pe vremuri, când era tânără, iar tata trăia şi el, era desăvârşită în organizarea de petreceri. De mult nu s-a mai ocupat de vreuna, chiar de mică amploare cum e aceasta, parcă îşi aduce aminte de clipele trecute. De altfel provine dintr-o familie în care petrecerile erau minunate, era o onoare să fii invitat la familia Inczedy de Nagy-Varad. Iat-o acum la 53 de ani cum aleargă să fie totul în regulă.

La petrecere nu veni decât pastorul şi Maria, sora contesei Agnes cu întreaga familie. A fost o cină cu adevărat intimă, iar ţăranilor li s-au dat şi lor mici daruri în timpul zilei. Masa fusese amplasată în parc însă pentru siguranţă nu chiar sub copaci pentru că erau destule făclii în jur. Veselia domină această petrecere de la un capăt la altul, într-un final, spre mieul nopţii se termină atunci când Klaudia şi Alexander primiră cadourile. Pastorul îi dădu cuplului un crucifix, Maria le dărui câteva obiecte foarte frumoase din cristal, iar Agnes le dărui celor doi soţi bijuterii. Klaudia fu prima surprinsă când mama sa îi prinse lui Alexander un accesoriu pentru cravată ce aparţinuse tatălui ei.

- Mamă, chiar poţi să te desparţi de această bijuterie? întrebă Klaudia surprinsă.

- Da, mi-am dat seama că trebuie purtată altfel se ofileşte în cutia aceea, se vede că nu-i place catifeaua apoi mă gândesc la faptul că Alexander o va dărui mai departe lui Franz, iar Ladislau va fi mulţumit.

Petrecerea se termină odată ce făcliile începură să pâlpâie în semn că aveau să se stingă. Obosiţi, se retraseră cu toţii, animaţi încă de veselie, spre a se odihni. Mihaly Horvath îi însoţea cu glumele sale şi nu se părea că ar putea fi oprit cumva, toată lumea îl cunoştea şi îl iubea aşa cum era el. Acesta, împreună cu familia lui, mai rămăsese la Sângeorgiu încă o săptămână, plecând apoi spre Vinţu de Jos în ziua de 8 mai. Stătură cu toţii mai mult înăuntru, vremea deveni capricioasă după acea petrecere dar îşi reveni odată cu plecarea musafirilor făcându-i pe cei cinci ce rămâneau să-şi ia rămas bun cu părere de rău de la rudele lor.

- Acum când trebuie să plecăm se face vreme frumoasă, spuse înciudat Mihaly, cred ştiu de ce nu a vrut să vină logodnicul Josefei cu noi, a citit în stele şi a ştiut cum va timpul.

104

Josefa se înroşi când îşi auzi tatăl vorbind despre Adam Wass, cel cu care trebuia să se căsătorească în cursul lunii iulie şi la care verişoara ei era invitată. Nunta avea să aibă loc la Ţaga, într-o zonă pitorească unde două lacuri făceau din acel loc unul de basm, unde natura îşi slăvea frumuseţile. Era foarte aproape de Cluj, la aproape 12 leghe. După ce oaspeţii plecară, Klaudia îi mulţumi mamei sale pentru petrecere căci nu se aştepta la o asemenea minunăţie.

- Josefa are vârsta potrivită pentru căsătorie. Nu-l cunosc pe acest conte Wass dar sunt nerăbdătoare să o fac. Această invitaţie neaşteptată mă face fericită, iar tu, Alexander, ai să vezi pentru prima dată o nuntă ungurească. Este încântătoare.

- Se pare că acest conte Wass o iubeşte mult pe nepoata mea, spuse Agnes. S-au întâlnit din întâmplare în Cluj la un bal şi de atunci nu a mai slăbit-o pe fată, a ameţit-o până când a cedat. Mihaly e fericit şi cred că şi sora mea chiar dacă îi pare rău că Josefa va avea propria ei casă şi familie, urmând deci să-i părăsească. Or să se viziteze ei destul de des mai ales că vor sta mai mult în Cluj datorită funcţiei contelui Wass. Este doar începutul lunii mai, mai sunt deci două luni până în iulie, putem să ne vedem de ale noastre.

Şi aşa făcură. Alergară ca nişte copii prin pădurile din Sângeorgiu uitând de vârstă, copiii prinseseră puteri de la aerul curat şi mâncarea gătită altfel decât la cealaltă bunică. Le plăcea cu adevărat aici, nu-şi mai doreau să plece, spre hazul părinţilor săi care-i temperau totuşi cât puteau. Klaudia şi ducele se regăsiră în dragostea lor parcă parcurgând primele zile ale iubirii lor. Îşi luau un coş cu gustări, un pled şi o carte, apoi plecau să hoinărească. Se aşezau la rădăcina unui copac, iar Klaudia începea să citească. Alexander stătea cu capul în poala soţiei sale, privea cerul şi soarele printre crengile bătrânului copac. Uneori aţipea sub zâmbetele Klaudiei care continua să citească trezindu-se apoi fără să-şi dea seama că tocmai aţipise. Îşi declarau iubirea ca la începuturi când totul le stătea în cale şi când obstacolele veneau în calea uniunii lor unul după altul.

Agnes îi privea uneori de la fereastră, dădea puţin din cap neliniştită, apoi uita. „O fericire atât de deplină nu poate dura veşnic", gândea ea dar uita imediat în faţa realităţii zilnice. Îşi adora nepoţeii pe care îi plimba prin parc pe aleile bătute de soarele din ce în ce mai puternic.

Până la nunta de la Ţaga cei doi îndrăgostiţi nu ieşiră din localitate, le erau de ajuns împrejurimile pentru plimbare şi biserica pentru reculegere. Aşa începuse şi se terminase luna mai intrându-şi apoi cu drepturi depline luna iunie pe făgaşul anului 1841. Atunci doamnele îşi făcură rochii pentru nuntă, doreau să fie elegante şi frumoase mai ales că vara se dovedea a fi frumoasă, cu multă căldură şi deci cu multă dantelă la ţinute. Klaudia îşi alesese culoarea bleu pentru rochia ei, iar mama ei îşi alesese o rochie ce întruchipa aidoma vişina putredă căci nu se îndura să poarte negru considerând că ar aduce ghinion, apoi nici stridentă nu putea fi căci era văduvă, un statut pe care nu-l dorea schimbat.

Invitaţia oficială venise la începutul lui iulie când cu toţii erau aşteptaţi la Ţaga. Evenimentul avea să aibă loc în data de 20 iulie la biserica reformată din localitate. Trebuiau să vină bineînţeles cu câteva zile înainte căci familia Wass era nerăbdătoare să-l cunoască pe ducele de Wurttenburg, acest bărbat atât de romantic cucerit de inima frumoasei sale Klaudia. Nu avea însă să fie singurul eveniment fericit din acea perioadă. La un prânz contesa de Hohenstein izbucni în râs deodată mirând pe toată lumea.

- Nici nu ştiţi ce ascund eu dar am să vă spun chiar acum.

- Draga mea, lasă-mă să-ţi spun că într-adevăr m-ai speriat.

- Şi eu am fost puţin speriată înainte dar acum mi-a trecut pentru că sunt sigură, răspunse contesa râzând. Vom mai avea un copil pe care îl aştept din toată inima. Va trebui să-mi confirme un medic dar semnele nu m-au înşelat niciodată. La începutul anului viitor un alt mic conte Hehenstein se va naşte şi cred că a fost un păcat să te rog să nu mai avem copii. Domnul mă binecuvântează din nou şi sunt fericită cu adevărat.

- Ce bucurie, ce veste minunată, spuse Alexander sărutând mâna soţiei sale.

- Da, nici mie nu mi-a spus, zise Agnes radiind de bucurie. Voi scrie chiar acum medicului, trebuie să te vadă şi să ne spună că drumul la Ţaga nu va dăuna copilaşului chiar dacă această sarcină este doar la început.

- Mamă, deja începi să mă iei sub aripa ta protectoare, glumi Klaudia.

- Fără îndoială că aşa este şi mă voi ţine de această îndatorire, spuse Agnes.

După ce luară masa cei doi soţi rămaseră singuri pe terasa ce dădea în parc.

- M-ai făcut atât de fericit, Klaudia, prima mea reacţie a fost de nevinovăţie. Am crezut că un copil nu e dorinţa ta acum. Contesa îi acoperi cu mâna buzele soţului său şi zâmbi.

- Cred că am greşit, îmi doresc acest copil, îl aştept cu nerăbdare. E minunat să fii mamă.

- Şi eu doresc să fiu iar tată şi îţi mulţumesc, spuse ducele. Mama va fi încântată de veste, a ajuns să te iubească şi să-ţi simtă lipsa.

- Ştiu că mă iubeşte, a fost un sentiment cu care s-a luptat şi care până la urmă a învins-o. Şi mie îmi este dragă cu adevărat.

- Klaudia, tu nu eşti capabilă decât de dragoste, nici nu gândeam altceva despre tine, eşti un înger minunat!

Contesa dădu din cap cu multă înţelegere la vorbele spuse de soţul său privindu-şi copiii aflaţi pe iarbă cu doicile. Ceea ce ştiau deja le fu confirmat şi de medicul care sosise în grabă să o consulte pe Klaudia.

- Doamnă, sarcină dumneavoastră cred că are cel mult două luni. Felicitări şi multă sănătate vă doresc. O să ne revedem curând, iar la acel eveniment puteţi merge fără griji căci nu vă va afecta în niciun fel. Când doriţi voi fi la dispoziţia dumneavoastră, mai adăugă el înclinându-se, apoi ieşi.

- Aşadar pot merge la Ţaga fără nicio grijă, până în martie mai este multă vreme. Voi fi tare fericită cu patru copii. Uite, rochia mă cuprinde şi-mi şade bine, hai să ne pregătim de nunta verişoarei mele, chiar sunt bucuroasă pentru ea cu adevărat.

Plecaseră în ziua de 15 iulie către Ţaga urmând să facă un popas de o noapte pe drum, iar a doua zi să ajungă cu bine la conţii Wass care îi aşteptau cu nerăbdare.

- Felicitări, duce! spuse cu multă graţie mama lui Adam, contesa Karolina Lanyi Wass. Întotdeauna o asemenea veste aduce fericire, e o adevărata binecuvântare. Eu, din nefericire, nu am avut decât o singură astfel de veste toată viaţa mea căci Adam nu are fraţi şi nici surori, însă a fost atât de zburdalnic încât a reuşit să fie cât trei copii la un loc. Sper, în schimb, să fiu curând bunică. Adam chiar o iubeşte foarte mult pe viitoarea mea noră.

- E normal să o iubească, e încântătoare, iar părinţii ei sunt plini de spirit, îi răspunse Alexander.

- Da, aşa este, familia Wass are doar de câştigat din această uniune, de altfel soţul meu şi-a dat consimţământul imediat, ciudat lucru pentru un om atât de retras cum este Daniel Wass.

- Un om care a văzut multe, continuă ducele şi îşi iubeşte fiul foarte mult.

- Da, cred că aveţi dreptate, îi răspunse fericita doamnă Wass cerându-şi apoi permisiunea de a se retrage. E o perioadă presantă pentru cei care organizează evenimentul, Adam habar nu are de ce se petrece în jur.

Ziua mult dorită sosi, iar clopotele bisericii reformate sunară anunţând momentul acesta fericit şi aşteptat. În acest timp, în camera ei, Josefa, ajutată de rude, se gătea şi era tare emoţionată.

- Vei fi fericită alături de Adam, îi spunea Klaudia protrivindu-i voalul. E un bărbat educat şi cu maniere desăvârşite.

- Îmi este teamă de atâta fericire, îi răspunse mireasa, iar inima mea nu o poate cuprinde.

- Şi eu am simţit acelaşi lucru mai demult şi uite, sunt şase ani de atunci, îi zise râzând Klaudia. E mult să fii fericit pe deplin şase ani, crede-mă, alţii trăiesc o viaţă fără să o guste. Aştept un copilaş acum şi simt că plutesc. Îţi doresc şi ţie să ai un copilaş cât de curând. Ce poate fi altceva fericirea? Decât să trăieşti mult şi searbăd, mai degrabă scurt, intens şi plin de iubire.

- Poate că tu ştii mai bine Klaudia, îi spuse verişoara ei, însă chiar dacă te-am auzit şi te cred, eu tot nu scap de nelinişte. Îl iubesc şi îl respect pe Adam dar este ceva...

- Îţi este puţin teamă. Va trece, o întrerupse Klaudia gândindu-se la noaptea nunţii şi poate aducându-şi aminte de a ei primă noapte. Lasă-ţi sufletul liber, rupe cercurile de fier ale fricii, fii fericită şi mulţumită aşa cum suntem cu toţii. Nimic nu era mai bun pentru tine decât Adam.

Ceremonia fu într-adevăr încântătoare, mireasa reuşi să se liniştească şi să-şi stăpânească emoţiile care nu-i dădeau pace, era atât de frumoasă şi de neprihănită. La ieşirea din biserică fură bombardaţi cu flori spre bucuria tuturor. Petrecerea avea să înceapă curând şi avea să rămână un eveniment de neuitat pentru localnici. Cuplul avea să se mute curând la Cluj, acolo unde Adam avea îndatoriri. Curtea castelului răsuna de cântece şi dansuri, de zgomote de pahare şi farfurii până dimineaţa următoare când Adam o luă pe Josefa şi, alături de toate cadourile, porniră spre Cluj. Nu dormiseră nicio clipă, se bucuraseră de fiecare secundă a petrecerii.

La fel petrecuseră şi Klaudia împreună cu familia ei aproape până dimineaţa, ducându-se la culcare după orele două din noapte. Se simţiseră bine cu toţii astfel că mai zăboviră un timp în castelul Wass şi doar apoi urmară drumul spre casă.

- Îmi este dor de copii, spuse Klaudia în trăsură, de-abia aştept să-i văd. Curând e august, iar căldura se va duce lăsând loc toamnei şi recoltelor.

- Iar după ce vom sărbători ziua ta de naştere vom pleca spre Kirchheim, adăugă Alexander. Ne vom întoarce la viaţa zgomotoasă a Imperiului. Eu cel puţin simt că am ieşit din acel ritm căci locurile acestea ale Ardealului m-au transformat în alt om. Vom mai reveni însă cu drag aici pentru că oamenii sunt minunaţi pe aceste locuri.

Când ajunseră acasă cei trei copii săriră de gâtul părinţilor, de-abia putură face cu toţii faţă sărutărilor reciproce şi atât de pătimaşe. Se căutară cadourile care produseseră alte ţipete de bucurie urmate imediat de liniştea necesară cercetării acestora căci noul aduce întotdeauna curiozitatea cu el, în acele momente adulţii reuşiră să aibă în sfârşit câteva clipe de linişte.

- Cred că va trebui să ne plimbăm mai mult, să profităm de vremea frumoasă căci curând va veni răcoarea. Târnava e frumoasă acum, iar ţăranii vor începe recoltatul în august, spuse Klaudia luându-şi ceaiul în salon. Până vom pleca vreau să imi fixez totul viu în minte şi să pot păstra toate aceste amintiri frumoase până atunci când ne vom reîntoarce.

- Da, fiica mea, însă dimineaţa e răcoare deja, trebuie să aşteptăm să apară soarele.

- Vom aştepta, mamă, fii fără grijă.

Luna august urmă plină de plimbări dese şi lungi la care participau cu toţii, inclusiv copiii şi doicile ce-i însoţeau. Aveau întotdeauna două coşuri cu mâncare şi pleduri pe care să stea la umbră. Agnes nu-i însoţi decât de câteva ori încercând să le lase intimitatea pe care şi-o doreau. În ultima vreme era neliniştită, deşi nu avea un motiv anume, devenea agitată când o vedea pe fiica sa râzând şi arătându-şi mulţumirea faţă de viaţa pe care o ducea. Se dusese chiar la pastor şi îi povestise despre simţămintele sale. Acesta, la rândul lui, îi răspunse că îl visase pe bătrânul pastor pe care îl înlocuise, mort de multă vreme, care i se arătase stând în biserică pe lespedea criptei Rhedey bătând din picior şi arătând placa de sub el cu degetul. El nu înţelegea ce ar putea însemna acest vis dar cu siguranţă considera că este un semn. Agnes ieşi de la omul bisericii mai îngrijorată decât intrase, plăti nişte slujbe pentru copiii şi soţul ei crezând că acest gest o va linişti, însă se înşelă amarnic. Nu-i arătă însă Klaudiei nimic din ce simţea ea în acele clipe. De altfel, fata nu avea ochi pentru ea căci ea zbura pe aripile fericirii sale crezând-o veşnică. La sfârşitul lunii august Agnes îi însoţi la o plimbare după mai multe insistenţe din partea Klaudiei.

- Stai prea mult singură, mamă. Crezi ca ne vei strica intimitatea dar nu este aşa, din contră o întregeşti prin prezenţa ta.

Agnes uită de temerile sale şi chiar se bucură de întreaga ei familie. Râdeau cu toţii când zăriră în depărtare un slujitor al casei venind în grabă. Contesa Rhedey amuţi şi nu mai auzi râsetele fericite ale copiilor căci presimţiri negre o invadară. Iar omul acela nu se mai oprea din alergat, doar veştile rele vin aşa, iute ca vântul. Silueta care se apropia tot mai mult se transformă într-o nălucă a răului în mintea doamnei Rhedey.

- Am o scrisoare urgentă pentru ducele de Wurttenberg, spuse el când ajunsese lângă grupul compact aşezat sub un copac bătrân. Agnes amuţi până Alexander citi scrisoarea. Nici Klaudia nu mai vorbea.

- Sunt chemat la regiment urgent, împăratul are nevoie de mine. Confruntările acestea între imperii sunt atât de dese, mai spuse ducele.

Agnes presimţi un dezastru pe când fiica ei nu făcea altceva decât să zâmbească. Ducele mai fusese plecat, era un militar desăvârşit, aşadar avea suficiente motive să fie mândră de el.

- Trebuie să plec mâine împreună cu delegaţia ce mă aşteaptă la palat şi care a adus această scrisoare de la Viena.

Ultimul popas plin de fericire al Klaudiei pe plaiurile natale se termină astfel brusc şi, spre surprinderea ei, începu s-o doară, iar zâmbetul pierise de pe buzele ei.

- Te voi urma curând, iubitul meu, tu mergi înainte cu oamenii ce au venit la tine. Eu voi veni în urmă cu copiii şi doicile. Vom fi fericiţi în continuare, indiferent de arme şi sânge. Nu pot trăi fără tine! Aş suferi amarnic aici în Ardeal departe de tine sau de locurile pe unde vei fi. Nu va conta cât de des mă vei vizita, mă voi mulţumi să te văd câte puţin, din când în când. Graz e prea departe de Sângeorgiu de Pădure, ce veşti aş putea avea eu de la tine?

CAPITOLUL 15

Ajunşi acasă în palatul Rhedey Alexander primi delegaţia, apoi începu să împacheteze, în următoarea dimineaţă trebuia să plece împreună cu cei veniţi la el. Starea de spirit a contesei Agnes se înrăutăţi. Ea intră în camera fiicei sale şi, cu mâinile împreunate a rugăciune, spuse:

- Klaudia, nu te duce, ai trei copii, iar unul e pe drum. Am presimţiri rele, am visat foarte urât. Nu ţi-am spus, am fost şi la pastor, iar el simte la fel. Acultă-ţi mama, fiica mea cea frumoasă.

- Mamă, fericirea mea e alături de el, Dumnezeu ne-a legat prea tare când ne-a unit. Nu sunt încăpăţânată, simt doar un îndemn pe care nu-l pot opri. E ca o chemare. Ştii că te iubesc din toată inima dar mai bine îmi tai o mână decât să nu merg cu el.

Agnes plecă aşa cum venise dar nu se închise în camera ei, merse la duce pe care-l imploră să o convingă pe Klaudia.

- Ştiţi că nu poate fi convinsă, e asemenea unei avalanşe atunci când îşi doreşte ceva. Simt la ce vă gândiţi şi vă înţeleg însă în inima mea şi eu o doresc aproape. Va sta într-o casă, nu va ieşi pe afară, iar eu o voi vizita când voi putea. Mai sunt soţii ce-şi urmează soţii la nevoie, nu ar fi acum prima situaţie de acest fel. Voi avea grijă de ea, doar ştiţi că o iubesc.

- Dar nu vei fi lângă ea, spuse Agnes. Se pot întâmpla o mulţime de lucruri.

- Este adevărat, spuse ducele, dar trebuie să gândim lucrurile într-o privinţă bună, să le vedem în culori deschise nu doar negre sau cenuşii. Vă rog să nu gândiţi atât de întunecat, totul va fi bine. Klaudia este de asemenea sănătoasă.

- Bine atunci, şopti resemnată Agnes, voi pleca acum, apoi ieşi. Se duse imediat la pastor care o primi pe biata mamă plină de rele presimţiri.

- Poate că au dreptate amândoi, doamnă contesă, dar nici dumneavoastră nu vă puteţi înşela. O mamă simte şi are legături puternice cu copiii ei.

- Ştiţi, în viaţa mea doar de două ori am mai avut asemenea presimţiri, iar apoi mi-au murit băieţii. Cât m-am rugat pentru un prunc apoi şi uite că a venit Klaudia, o fată ca ieşită din spuma laptelui de frumoasă. Dumneata nu o ştii decât acum, mare fiind, însă a fost o minune de micuţă. Prietenii o cereau pentru fiii lor de mică de la contele Ladislau, iar acesta râdea de propunerile lor de căsătorie. Era atât de mândru de ea. Frumoasă şi foarte inteligentă cum era făcea toţi profesorii să fie mulţimiţi de ea, iar acum pleacă.

Seara, cei doi soţi avură o discuţie în care ducele încercă totuşi să o convingă pe Klaudia să rămână dar, aşa cum se aştepta, nu reuşi nimic. Ba mai mult, îi promisese că o va instala cât mai aproape de el. Plecă apoi de la ea ca vrăjit, iar dimineaţă îşi luă rămas bun de la ea nu pentru o despărţire lungă ci pentru una scurtă. Plecă şi o privi apoi până când silueta ei nu se mai zări prin praful drumului. Se transformă apoi alături de trimişii împăratului în generalul de husari care uita aproape totul când războiul era aproape.

Agnes nu mai insistă, se bucură că o va mai avea câteva zile alături de ea pe fiica şi nepoţii ei. Îi observa însă neliniştea, nerăbdarea, chemarea către ducele abia plecat. Copiii sunt nerăbdători să plece şi ei, globul de cristal se spărsese. Le era dor şi lor de bunica de la Kirchheim de care nu-şi aduseseră aminte până acum. Trecu astfel o săptămână agitată în care nervii tuturor fură întinşi ca o sfoară.

- Săptămâna viitoare vom pleca, mamă, vom împacheta în următoarele zile şi ne vom lua rămas bun de la cunoscuţii de aici.

- Înţeleg, fata mea, îi spuse Agnes. Domnul te va ocroti oriunde te vei afla. Îţi este dor de Alexander, cu siguranţă şi lui de tine. Va trebui să ai grijă şi singură de tine. Nu pleci singură, deci va fi bine. Mergi totuşi şi cere şi binecuvântarea pastorului.

- Mă bucur că mă înţelegi, mamă. Voi trece pe la biserică, aveam oricum de gând să fac acest lucru, doream să pun flori de câmp în vazele criptei familiei noastre.

Contesa de Hohenstein îşi sărută mama şi o luă în braţe fără să ştie ce fior îi aducea mamei sale acest gest. Urcă apoi la copii, după care merse în camera ei, se aşeză la fereastră şi îşi mângâie pântecul. Fremăta de dor după soţul ei căruia îi scrisese că se decisese să plece la mijlocul lunii septembrie spre Graz.

- Trebuie să plec, îşi spuse ea privindu-se în oglindă. Alexander va fi încântat să simtă mişcările copilaşului ca de fiecare dată.

Nu putea să nu fie lângă el, aveau nevoie unul de altul cum aveau nevoie de aer şi de apă. Astfel, neconvinsă în a rămâne, începuse să adune lucrurile sale şi ale copiilor în cufere frumoase şi încăpătoare. Hotărâse să-şi pună la gât pe timpul călătoriei medalionul primit de la soţul ei atunci când era doar o copiliță de 16 ani gândind că îi va purta noroc. Îl sărută simțind totodată răcoarea metalului.

În ziua de 15 septembrie, Klaudia, copiii, doicile și nenumăratele lor cufere luară drumul spre Graz. Klaudia îi zâmbi foarte frumos mamei sale promițându-i revederea în cursul verii ce va veni, atunci „când copilașul va fi mai mare", iar Agnes chiar o crezu însă doar până îl privi în ochi pe pastor. După ce Klaudia plecă, Agnes izbucni în plâns.

- Pastore, n-am s-o mai văd niciodată, nu știu de ce simt acest lucru. Blestemul acela va cădea peste ea, iubește prea mult și e frumoasă ca o icoană.

- Nu vă mai frământați, destinul e scris pe fruntea fiecărei persoane, o consolă pastorul. Poate că va trece pe deasupra ei fără să o atingă, trebuie să avem speranța până la capăt, speranța, după cum știți, trebuie să moară ultima. Liniștiți-vă! Odihniți-vă! Veți primi vești curând, iar eu mă voi ruga pentru familia dumneavoastră. Vă promit! Voi arde lumânări și voi spune rugăciuni special pentru dumneavoastră.

Cu aceste cuvinte pastorul plecă lăsând-o singură pe contesa Rhedey căreia îi veni în acest timp o idee. Luă o cheie dintr-un scrin și urcă nestingherită către aripa în care Adam Rhedey, pustnicul acela nefericit își dusese ultimii ani de viață. Înăuntru găsi un miros a locuri închise și prăfuite ce o izbi imediat. Era frig afară dar totuși Agnes deschise fereastra camerei în care dormise vărul ei Adam. Începu să caute nici ea nu știa ce anume printre puținele lucruri rămase prin sertare. Găsi un caiet ce avea scrisul contelui Adam, conținea date vechi de prin 1840, dinainte de moartea sa. Unele însemnări erau lucide, câteva desene, numele iubitei sale. Agnes răsfoi tot caietul până găsi un mănunchi de fraze care o uimiră apoi o umplură de frică. „Blestemată dragoste, câtă durere aduci și cât de puțină fericire. De ce nu am murit atunci când te-am văzut, mireasă, de ce am venit în casa ta? Imi erai mătușă și nu aș fi avut niciun drept la tine... Însă tu mi-ai răspuns și au început sa curgă lacrimi în inima mea... și a ta. Tu ai murit, iar eu trăiesc! Frumoasă și blestemată contesă Rhedey..." Agnes nu mai citi, luă caietul și se duse în camera sa. Îl băgă pe foc și privi cum arde până se făcu scrum. Se liniști apoi. Nu mai putea face nimic, era singură. Din nou.

Drumul i se păru Klaudiei de zece ori mai lung și mai obositor decât până atunci. Mai călătorise însărcinată, deci nu era acesta motivul ce o apăsa. Copiii erau cuminți și ascultători. Făceau destule popasuri unde să doarmă și unde să se poata odihni cum se cuvine. Și totuși Klaudiei i se păru atât de departe orașul unde husarii soțului ei erau încartiruiți. Într-un final, pe 28 septembrie ajunseră cu bine la destinație unde ducele o aștepta mai mult decât nerăbdător.

- Nu am să te mai las să pleci niciodată decât însoțită de mine, spuse el. Am avut teribile emoții până acum dar s-a terminat, ați sosit. Te rog să-i scrii mamei tale că ați ajuns cu bine căci e singură și îngrijorată.

Klaudia se instală fericită în casa în care o duse ducele, acesta rămânând la cină în acea seară după care plecă la regiment. Soția sa nu se împotrivi, știa că așa trebuie să fie. Servitorii erau amabili, iar casa micuță dar suficientă pentru ei. I se potrivea de minune contesei. Dormitorul ei dădea spre grădină unde vara era foarte plăcut. În următoarea zi toată lumea dormi până mai târziu, iar Klaudia fu trezită chiar de duce cu sărutările sale.

- Îmi este foame, iubito și știi că nu am timp prea mult la dispoziție. E amiază deja. Diseară nu voi putea veni.

- E atât de târziu? întrebă contesa zâmbind.

- Da, toată lumea dormea când am sosit, iar acum văd că încep să se trezească. Cred că le este foame.

- Vin îndată, Alexander, mergi acum la copii. Trebuie să mă îmbrac.

- Porți medalionul, observă ducele.

- Da, l-am pus când am plecat din fața palatului din Sângeorgiu de Pădure. Biata mama, cât de greu i-a fost să nu izbucnească în plâns. I-am spus că anul viitor cam pe la vremea asta vom fi acolo.

Fusese un prânz încântător, ducele jucându-se apoi cu copiii care erau fericiți și îl întrebau adesea de bunica lor de la Kirchheim.

- Va veni mâine aici, spuse Alexander. De-abia asteaptă să vă vadă, cel puțin așa a spus, dacă întârzie va fi doar pentru o zi sau două.

- Sunt atât de împlinită alături de voi, se auzi Klaudia vorbind din salon. Uite, pianul e acordat, îl voi încerca curând.

Curând ducele plecă, iar Klaudia a trebuit să le explice copiilor de ce tatăl lor nu poate locui împreună cu ei, dar ce folos căci aceștia uitară repede mulțumindu-se doar cu această explicație simplă. Dacă îl vedeau zilnic era minunat pentru ei.

A doua zi toată lumea se trezi cuviincios odată cu dimineața și soarele din ferestre. Luară cu toții un mic dejun copios și fiecare era liber să facă ce dorea. Klaudia începu astfel să cânte mulțumită și eliberată de oboseala drumului. Se opri doar când una dintre servitoare îi aduse la cunoștință că aghiotantul soțului ei dorește să-i vorbească. Acesta intră și îi înmână un bilețel de la soțul ei în care o invită după prânz la o paradă a trupelor. „Dacă vrei, vino. Trăsura e pregătită, toate doamnele vor fi prezente și vei putea face cunoștință cu ele. De altfel, pe unele le cunoști deja. Vei avea astfel o minimă viață socială luând parte la conversații..."

114

- Spune-i că voi veni la ora la care va începe această acţiune. Mulţumesc, îi mai spuse Klaudia respectuosului aghiotant care se retrase de îndată ce primi răspunsul aşteptat.

Rămasă singură, contesa îi mulţumi în gând soţului ei pentru idee, fiind şi ea curioasă să cunoască societatea feminină a oraşului cât încă se simţea bine. Hotărî însă că se simte prea bine astfel încât să lase trăsura cea sigură şi alese să încalece. Avea o şa pentru doamne pregătită, iar sarcina îi permitea încă acest lucru nefiind prea mare. E invizibilă pentru necunoscători. Când o văzu, ducele fu destul de surprins:

- Klaudia, iubito, o dojeni el, trebuia să mă asculţi, trăsura era perfectă pentru tine. Nu trebuia să urci pe cal, era mai sigur atât pentru tine cât şi pentru copil.

Klaudia îi zâmbi însă fermecător liniştindu-l cu câteva vorbe şi cu câteva priviri pline de iubire. Deodată se auzi sunetul trompetei, parada stătea să înceapă astfel că ducele îşi salută soţia şi se întoarse la husarii săi. Doamnele din trăsuri, aşezate confortabil, bine încălzite în pledurile trăsurilor, aplaudară bucuroase. Orice ieşire din monotonie era o binecuvântare la Graz. Militarii frumos îmbrăcaţi defilară ordonat şi totodată mândri de ochii aţintiţi asupra lor. Klaudia era atât de graţioasă pe calul său aflată mult deasupra doamnelor din trăsurile prezente, atrăgea atenţia tuturor, iar soţul ei o privea de departe fericit. Nu se cunoştea chiar deloc că ar aştepta un copil în rochia ei bleu-marine tivită cu blană de vulpe argintie, la care purta o căciuliţă care îi lăsa liberi câţiva zulufi din părul ei minunat. Contesa avu timp să salute lumea, să poarte conversaţii dar mai ales să bată din palme şi să se bucure ca un copil care are o jucărie nouă. Klaudia era încă o fetiţă uneori, ca de altfel şi în acel 30 septembrie 1841. Militarii treceau rânduri, rânduri prin faţa Klaudiei care îi admira zâmbind. Calul ei fornăi şi scutură din cap însă ea ştiu să-l liniştească cu mâna ei înmănuşată şi uşoară, mângâindu-l pe gât.

- Nu eşti obişnuit cu atâta lume şi cu atâta agitaţie, dragul meu, spuse ea apropiindu-şi buzele de urechile calului. Acesta însă se linişti doar pe moment.

Deodată armăsarul se ridică în doua picioare făcând-o pe Klaudia să ţipe reuşind până la urmă să stăpânească animalul, însă iarăşi vremelnic. Acesta, într-adevăr speriat de mulţime, deveni din ce în ce mai nervos şi mai neliniştit ridicând picioarele din faţă sau aruncând cu cele din spate făcând-o pe contesă să devină palidă şi destul de speriată în lupta ei de a-l calma. Se cră o mică panică, doamnele din trăsuri începură şi ele să ţipe de spaimă făcând mai rău calului decât îşi putură imagina, acesta speriindu-se mai tare, chiar dacă stăpâna sa încerca să-l mângâie şi să-l stăpânească.

Lumea se adunase să vadă parada militară, dar avu parte de o altă parada înfricoșătoare. Calul o aruncă într-un final pe Klaudia jos, călcând-o în picioare sub privirile îngrozite ale ducelui care-și văzu îngerul într-o asemenea ipostază chinuitoare fără să poată ajunge la timp spre a o salva mai repede. Militarii se opriră îndepărtând calul care parcă înnebunise, încercând ușurel s-o ridice pe Klaudia din balta de sânge a propriului său trup. Se pusese imediat la dispoziție o trăsură, iar contesa fu dusă imediat acasă aproape moartă. Alexander o însoți amuțit de durere, spera, se ruga lui Dumnezeu chiar dacă nu o mai făcuse de multă vreme. Ordonă de asemenea ca medicii militari să vină acasă la el urgent ceea ce se și întâmplă. Aceștia intrară în camera rănitei care abia mai respira. Klaudia avea momente când se trezea din starea ei de leșin și striga nelămurit despre un copil. Medicii își dădură seama că era însărcinată, iar loviturile duseseră la pierderea acelei sarcini.

- Hemoragie, strigă unul dintre ei, să încercă să o oprim.
- Mă voi duce la duce, strigă altul ieșind.
- Copilul dumneavoastră a fost pierdut domnule, spuse medicul către Alexander. Loviturile copitelor i-au creat soției dumneavoastră o hemoragie internă pe care colegii mei încearcă să o oprească.
- Va supraviețui? strigă ducele deodată cu ochii injectați și mâinile pline de sânge și mușcături nervoase. Coborând privirea, medicul se înclină nedorind să spună mare lucru, ducele fiind nevoit să repete întrebarea.
- Dacă se va opri sângele, da, poate, însă e mereu leșinată și nu recunoaște tot timpul locul unde se află. Știe doar de copil. Ar fi bine dacă ați chema-o grabnic pe mama dumneavoastră să ducă copiii de aici. E mai bine... sfârși medicul de spus.
- Klaudia să moară, spui? Klaudia nu-și aduce aminte de nimic?
În acest timp Klaudia reuși să se trezească și înțelese situația dramatică în care se afla. Își chemă atunci soțul.
- Iubitule, vino, spuse ea în timp ce Alexander veni ca o nalucă cenușie lângă patul alb al soției sale. Iubitule! repetă ea încercând să zâmbească. Ai grijă de copiii noștri căci eu mă scurg odată cu sângele din mine. Medicii nu pot face nimic, aceasta îmi este soarta. Nu te-am ascultat și te rog să mă ierți, spuse contesa mângâind părul soțului ei aflat în genunchi lângă pat. Am fost o nesocotită, nu m-am gândit decât la cât de mândru vei fi când mă vei vedea stând atât de bine călare. Nu m-am gândit la copii, la nimic... Și acum plătesc și vor suferi toți pentru nebunia mea. Totul este strivit în mine, nici copilul nu l-au putut scoate, cel puțin așa am înțeles, dar nu am fost întotdeauna trează. Să nu spui nimic, iubitule, nu încerca să mă ierți, nu plânge pentru mine. Nu merit, dragule, cred că ți-am distrus destinul de la început. Era mai bine să nu iubești și să te fi căsătorit

aşa cum ţi-ar fi fost destinat, o prinţesă iar nu cu o contesă transilvaneană de la capătul imperiului.

- Pentru Dumnezeu, Klaudia, taci! şopti ducele. Păstrează-ţi puterile, crede în Dumnezeu.

- Îl văd pe Dumnezeu, Alexander, am să-l văd mereu de acum înainte. Mă duc la el în curând. Să mă duci apoi acasă, la Sângeorgiu de Pădure, lângă tata şi fraţii mei. Acolo am fost atât de fericită. Ia-o pe mama cu tine, nu o lăsa singură cu inima zdrobită. Am fost atât de fericită...

- Klaudia! Klaudia! strigă Alexander îngrozit.

- A adormit. A căzut într-un somn greu, duce, spuse unul din medici. Are dureri mari, însă e atât de curajoasă. Se chinuie, dar încearcă să zâmbească. Scrisorile au fost trimise.

- Va trăi? întrebă Alexander cu mintea răvăşită.

- Nu, nu va trăi, îi răspunse medicul cu tristeţe. Chiar dacă s-ar întâmpla o minune nu s-ar mai ridica niciodată.

Năucit, ducele ieşi afară din cameră apoi din casă. Merse în grajd unde ucise în bătaie calul blestemat. Cu mâinile în ceaţă prietenul său Eugen îl găsi până la urmă şi îl lăsă să-i plângă în braţe ca un copil.

- Blestemul acela, Eugen, zise Alexander. Se îndeplineşte sub ochii mei.

- Hai afară, e prea mult sânge aici, îi răspunse Eugen.

- Şi Klaudia e plină de sânge, spuse ducele disperat. Imaginile acelea nu-mi mai ies din minte şi nu-mi vor ieşi cât voi trăi pe acest pământ. Trebuie să vină mama, să vadă sângele Klaudiei şi sângele calului, mai spuse ducele cu mintea rătăcită apoi leşină.

Eugen îl luă în braţe şi îl duse pe Alexander în biroul de la parterul casei. În acest timp copiii fură ţinuţi în camera lor de doicile înfricoşate, nu trebuiau să vadă nenorocirea câtă vreme mai era o speranţă. De altfel, tot oraşul Graz era în stare de şoc, iar unele doamne chiar rosteau rugăciuni pentru contesa de Hohenstein. Nu foloseau însă la nimic. Klaudia mai supravieţui o zi, iar între stările de luciditate şi cele în care delira i se aduseră copiii pe care îi sărută şi îi binecuvântă pentru ultima dată în faţa lui unui Alexander înnebunit de durere.

- Poate că trebuia să-mi ascult mama şi să fi rămas în Ardeal, dar iubirea pentru tine m-a ars, rosti Klaudia cu greu. Acolo nu sunt parade, ci doar linişte şi voioşie... Ştii şi tu asta. Te iubesc, te-am iubit prea mult, iubitule, îmi este greu să vorbesc şi mă irită că pierd controlul asupra vieţii mele, a minţii mele. Blestemul femeilor Rhedey m-a învăluit în giulgiul său alb. Mor, Alexander, du-mă acasă, strigă aceasta strângându-i cu puţinele-i forţe mâna soţului ei.

Ducele ţipă înfiorător, devenise peste noapte bolnav, cu minţile aproape pierdute. La 1 octombrie 1841 contesa de Hohenstein muri plânsă de toata lumea, dar mai ales de rudele şocate.

Ducesa de Wurttemberg, ajunsă între timp, nu mai putu face mare lucru. Îl rugă doar pe Eugen de Wetterstein să aibă grijă de Alexander în lunga călătorie către Ardeal. Scrisese chiar ea contesei Rhedey de acest mare necaz şi o rugă să pregătească totul pentru a săvârşi această ultimă dorinţă a fiicei sale. Henriette luă apoi copiii cu ea la Kirchheim, era mult mai bine aşa.

Klaudia fusese pusă într-un sicriu greu şi fusese îmbrăcată foarte frumos, iar la gât avea medalionul primit de la soţul ei. Rănile nu se mai vedeau, sângele fugise din obrajii contesei lăsându-i pielea frumoasă. Parcă dormea, era ireal chipul ei. Nu părea adevărat ce se petrecea.

Aceeaşi impresie o avu şi Agnes acasă la Sângeorgiu de Pădure. Fugi cu scrisoarea imediat la pastor, părul despletindu-i-se în şuviţe albe şi lungi. Căută înainte însă şi prima scrisoare scrisă de fiica ei în care îi relata sosirea la Graz şi fericirea reîntregirii familiei ei. Se uită apoi la ultima scrisoare, scrisă de ducesa Henriette. Nu, nu era o glumă. Agnes începu sa plângă şi fără pelerină fugi la casa de peste drum a pastorului. Bătu cu putere în poartă speriind aproape locatarii.

- Blestemul! Blestemul! strigă ea. Citeşte, părinte, citeşte, spuse ea prăbuşindu-se de durere într-un fotoliu.

Pastorul nu reuşi însă să o liniştească, nici nu avea cum. Îşi pierduse toată familia: soţul şi copiii. Ce putea s-o mai aline? Satul întreg lăcrima la o aşa soartă văzând cum iese din palat în fiecare zi contesa Rhedey pentru a scruta drumul. Pastorul scrisese scrisori rudelor invitându-le la înmormântarea care va avea loc atunci când cortegiul va sosi, chiar în cripta unde dorm şi rudele Klaudiei. Pline de jale, rudele sosiră alinând suferinţele nefericitei mame. Cripta fusese între timp deschisă, iar acum îşi aştepta noul oaspete.

Cortegiul fu vestit de ţărani, iar Agnes şi toate rudele îl primiră în faţa palatului. Sicriul fu depus în marele salon aflat la parter. Era închis ermetic şi doar un geam lăsă ca Agnes să-şi mai vadă fiica. Era frumoasă datorită frigului de afară, nu s-a schimbat cu nimic. Alexander de-abia o recunoscu pe mama soţiei sale, iar ea a înţeles: un biet om cu minţile rătăcite. Atunci înţelese şi împotrivirea soţului ei, contele. Nimic nu s-ar fi întâmplat dacă Klaudia s-ar fi măritat acolo, în ţara ei, dar nu e nimeni vinovat şi nimeni nu se poate împotrivi destinului. Ducele îi dădu fără vorbe o scrisoare din partea mamei sale. Agnes o luă şi o citi cu înfrigurare. Era o invitaţie definitivă la Viena pentru a fi aproape de copii şi de fiul ei. „Am iubit-o mult pe Klaudia, iar copiii ei sunt şi ai mei. Alexander este amuţit de durere şi nu este încă conştient de ce se întâmplă.

118

Are nevoie de dumneavoastră aici... De altfel, ce aţi putea face singură acolo? Aţi plânge la mormântul fiicei în fiecare zi când aţi putea să-i creşteţi copiii..."

Contesa înţelese pragmatismul ducesei şi îi dădu dreptate, va pleca de pe tărâmul acesta în care viaţa i-a fost o îmbinare dintre miere şi pelin, dintre dragoste şi chin. Această luptă cu moartea se termină cu Klaudia, nu mai avea cine să moară. Muriseră cu toţii. Avea acum o misiune: copiii şi Alexander. Maria, sora sa, o încurajă în hotărârea ei.

- Aşa este cel mai bine, o persoană cunoscută de copii nu e în plus niciodată când e vorba despre creşterea lor. Mama lor va fi mereu cu ei veghindu-i din ceruri, iar tu le vei povesti despre ea păstrându-le amintirea vie. Fă-ţi bagajele, ia-ţi tot ce ai, iar de proprietăţile familiei se va ocupa Mihaly căci dacă va dori vreunul din copii să vină aici atunci vor găsi ceva căci totul le aparţine, iar dacă nu, totul va rămâne neatins pe veacuri.

- Iar când voi muri vreau să fiu adusă aici, lângă familia mea, şopti Agnes. Promite-mi!

- Îţi promit, draga mea, dar nu te gândi la moarte, trebuie să te gândeşti la sufletele pe care le vei avea în mâini să le modelezi, sunt trei, tot atâţia câţi ai avut şi tu.

- Nu m-am gândit niciodată în felul acesta, surioară. Îţi mulţumesc, îi răspunse Agnes.

Cele două surori se îmbrăţişară şi se pregătiră pentru coborârea în criptă a Klaudiei. Înainte de aceasta, în salon se petrecea ceva cutremurător. Alexander îndepărtase geamul sicriului fără ca cineva să-l poata opri. Îşi mângâia soţia, îi aranja medalionul şi părul. Cu greu Eugen îl îndepărtă, iar geamul fu repus la locul lui.

La înmormântare participă tot satul, în linişte, fără a deranja durerea familiei dar mai ales a ducelui de Wurttemberg. Pastorul avu atât de multe cuvinte frumoase de spus încât nu încăpu nicio îndoială că fusese o slujbă de îngropăciune deosebită. El aminti de copiii şi soţul contesei precum şi de sacrificiul acesteia pentru dragoste.

- Chiar dacă scurtă, această uniune dăinuie prin pruncii născuţi din ea: două fete şi un băiat care din păcate nu sunt prezenţi, dar care şi-au luat rămas bun de la mama lor. Curaj vă cer pentru a-i creşte pe aceşti îngeraşi născuţi de contesa Klaudia. Duce, durerea să vi se transforme în şi mai mare dragoste pentru ei. Contesă Agnes, fiţi o bunică blândă, iubitoare şi fermă. Întruchipaţi-o pe mama lor.

Când sicriul fu coborât pe treptele criptei Alexander, neliniştit, strigă cutremurând lăcaşul:

- Ţi-ai găsit locul lânga familia ta, începu el, te-am distrus dar am fost atât de fericiţi şi împliniţi. Era oare mai bine să mă însor aşa cum ar fi fost necesar? Nu! Cu siguranţă, nu.

Îl lăsară să strige, iar pastorul îşi continuă rugăciunile şi procesiunea. Klaudia fu în cele din urmă aşezată pe piatra rece lângă celelalte sicrie.

- Acest blestem al conteselor Rhedey, continuă Alexander cu durere în glas, te-a cuprins şi pe tine Klaudia prin mine, soţul tău.

Începu apoi să plângă aşezându-se pe scările umede ale criptei. Nimeni nu mai spunea nimic. Într-un final îşi găsi şi ducele liniştea aşa cum sperase pastorul şi contele Wetterstein care era atent la orice mişcare a prietenului său. Curând biserica se goli, rămaseră doar membrii familiei. Chiar şi pastorul se îndepărtă discret închizând uşa sacristiei. Agnes îşi luă ginerele de umeri şi-l ridică de pe scări.

- Să mergem, spuse ea. Viaţa trebuie trăită, a unora e lungă şi lipsită de substanţă şi frumuseţe, iar a altora e scurtă dar trăită fără respiraţie, ştii şi tu despre cine vorbesc. Aici las totul în seama surorii mele, Alexander, las totul pentru tine şi nepoţii mei. Te voi urma la Kirchheim până voi închide ochii apoi mă vei aduce aici lângă ai mei. Ai trei copii, fii demn de ei! Ţi i-a dăruit ea, fiica mea, Klaudia.

Palatul se închise pentru totdeauna, husele acoperiră totul, perdelele şi draperiile fură trase toate, iar întunericul se instală pe deplin. Doi paznici sunt cei care au grijă de clădire şi de parc şi locuiesc în clădirea cea mică de lângă poartă şi nu au voie să intre în palat. Totul trebuie să rămână neatins de timp şi de om, doar praful trebuie să rămână stăpân. Înainte de a pleca din Sângeorgiu de Pădure călătorii se opriră pentru câteva momente la biserică. Dala de piatră acoperă mormântul, iar vaze cu flori stau înşirate peste ea.

- Adio! rosti Alexander. Ne vom revedea în ceruri. Acum trebuie să merg la ce mi-ai lăsat, la copiii noştri. Îmi este dor de ei.

Agnes şi Eugen se priveau şi îşi vorbeau fără cuvinte. Chiar dacă era pătruns de situaţie, copiii îl vor ţine la suprafaţa apei, vor fi salvarea lui şi poate în sfârşit va fi bine. Ieşiră cu toţii din biserică, îl salutară pe pastor care le ieşi în întâmpinare binecuvântându-i. Agnes îi mai făcu o dată semn cu mâna acestuia cerându-i să aibă grijă de conţii Rhedey aflaţi în cripta bisericii. Grupul îşi făcu loc pe drumurile Ardealului şi încet încet liniştea şi pacea le umplu sufletele. Calea era lungă şi grea dar Krichheim unter Teck era mai aproape cu fiecare pas făcut. Copiii îi aşteptau, dar fură liniştiţi de ducesa Henriette.

- Tată, mama e pe fiecare nor de pe cer şi ne priveşte. Ne ocroteşte de acolo de sus, este un înger care ne mângâie cu aripile sale albe ca laptele. Când ne e dor de ea bunica Henriette ne spune să privim cerul, atunci o vom simţi pe mama aproape.

- Aveţi dreptate, copii, spuse Alexander. Vom privi cerul, iar bunica Agnes ne va spune poveşti frumoase despre mama voastră. Suntem puternici aşa cum şi-a dorit ea şi suntem ÎMPREUNĂ! Ea este cu noi.

Priviţi cerul, întotdeauna un nor se află pe el, un nor ce nu stă niciodată. Cineva de pe el vâsleşte ca şi cum ar fi o mare apă împrejur. Toţi norii sunt locuiţi de suflete tăcute care ne veghează. În povestea noastră s-a nimerit a fi contesa de Hohenstein, un personaj venit din istorie însă trebuie să credeţi că şi oamenii simpli, obişnuiţi, au norii lor de pe care îi veghează rude, prieteni, iubiţi plecaţi mai repede, poate la jumătatea călătoriei pe acest pământ cu voia sau fără voia lor. Credeţi în ajutorul lor!

ÎN LOC DE FINAL

Alexander von Wurttemberg moare peste 44 de ani în anul 1885 la Tuffer. Nu-şi va reveni niciodată din şocul trăit în anul 1841. Copiii sunt cei care-l alină şi îl fac să lupte în fiecare zi.

Este înmormântat la Viena departe de frumoasa Klaudia, în cimitirul protestant Matzeinsdorf. La cap îi este pusă o cruce simplă, iar jos o placă îl fereşte de frigul iernii. Blazonul familiei Wurttemberg îi ţine de urât generalului de husari, minunatul soţ al Klaudiei Rhedey de Kis-Rhede.

Agnes îşi doarme somnul lângă familia ei, semn că ducele s-a ţinut de cuvânt.

Claudine şi Amelie, aproape nedespărţite în viaţă, locuind amândouă la castelul Reinthal din Graz, odihnesc tot împreună în cimitirul „Sf. Petru" din oraş.

Franz însă, cel care le-a supravieţuit câţiva ani, a avut un alt destin. S-a căsătorit cu Prinţesa Maria Adelaide de Cambridge în Imperiul Britanic. Au avut patru copii, printre care şi Regina Maria, soţia Regelui George al V-lea, bunica actualei Regine a Regatului Unit, Elisabeta a II-a.

De aceea mormântul este altul pentru Franz, departe de Viena sau Stuttgart. El doarme alături de soţia sa în Cripta regală „Sf. George" din capela de la Windsor.

Fiecare şi-a urmat destinul său, calea sa, mormântul său.

4 Mai 2014, Bacău

www.ingramcontent.com/pod-product-compliance
Lightning Source LLC
Chambersburg PA
CBHW070826250626
47170CB00006B/2228